Christian Günther

Let It Snow

Christian Günther

Let It Snow

Roman

Bibliografische Information der Deutschen
Nationalbibliothek:
Die Deutsche Nationalbibliothek verzeichnet diese
Publikation in der Deutschen Nationalbibliografie;
detaillierte bibliografische Daten sind im Internet über
http://dnb.dnb.de abrufbar.

© 2023 Christian Günther
Herstellung und Verlag: BoD – Books on Demand,
Norderstedt
ISBN: 978-3- 758300097

Über den Gang werden schwere Dinge auf Rollen gezogen. Es riecht nach Kantine, nach Metall und Desinfektionsmitteln. Sie zwingen mich zu schreiben, Herr Doktor. Sie sagen, sonst wird ich ins Gefängnis gesteckt. Ich glaub zwar, Sie bluffen, aber weil ich mir nicht sicher bin, schreib ich einfach irgendwas auf. Blablabla. Ich sitz hier im Aufenthaltsraum am Tisch. Mit einem Schulschreibheft, das Sie mir gegeben haben. Der Kugelschreiber schreibt blau, das ist schon was. Besser als schwarz, grün oder rot. Er ist aus durchsichtigem Plastik, fühlt sich nicht gut an in meiner Hand. Die Mine ist voll, die Wanne ist voll, meine Hand sieht alt aus, Hühnerhaut, tiefe Gräben am Daumengelenk, Schraffuren oben auf dem Zeigefinger, Rillen an der Seite, der Stift liegt auf Faltenwülsten, Jahresringe um die ‚Schwimmhaut' zwischen Indexfinger und Daumenansatz. Sieht aus, als ob ein labbrig lauwarmer Teil eines Brathähnchens schreibt, eine Mutation, mit Fingern statt Flügelstummeln, gestreckte Chicken-Wings aus dem 3-D-Drucker eines durchgedrehten Experimentators. Fingernägel, längsgeriffelt mit weißen Flecken, unter den Rändern mandarinenorange. Das ist meine Hand. Sie ist mir unsympathisch. Wie wenig Gutes hat sie getan, wieviel Schmutziges, einiges Schlechtes. Kleine Tiere getötet, Insekten an der Fensterscheibe, so fing es an … Blaue Scheiße kommt aus dem Ballpoint raus, ich verteil sie über die Seite. Kriechspuren einer Spinne, die aus meinem Kopf ausgeschlüpft ist und mit ihren acht Beinen übers graue holzige Papier läuft. Sie macht mir Angst und ich muss wegschauen, versuche aber gleichzeitig weiterzuschreiben, ich wills nur nicht sehen. Stattdessen guck ich auf einen Patienten, der eingenickt ist, sieht aus wie tot. Ist vielleicht tot. Und einer schlurft gerade aus dem Raum raus. Seine Arme hängen runter. Das Übliche. Ich schaue zum Fenster. Das spiegelt die Neonröhre an der Decke und undeutlich die Sitzecke mit aufgehängtem Bild dahinter. Vorn mein dunkler Umriss, kahlgeschorener Eierkopf auf Rumpf. Draußen die Abenddämmerung, ein blattloser Baum, dahinter ein anderer Flügel der Klinik.

… hab aufgehört zu schreiben. Der Pfleger Karl hat hereingeschaut. Ihr beobachtet mich. Wenn ich nicht schreibe, weckt ihr mich vielleicht mitten in der Nacht, zieht mir eine Zwangsjacke an, stülpt mir einen Kartoffelsack über den Kopf und karrt mich zum Knast.

Also weiter. Aufschreiben, was ich sehe, zum Beispiel. Drüben, im anderen Flügel, in einem erleuchteten Krankenzimmer sitzt eine Besucherin am Bett ihres bewegungslos daliegenden Bekannten, Verwandten, Mannes. Sie hat herübergesehen, bleiches Gesicht, dunkle lockige

Haare, wirkte ratlos. Mich besucht niemand. Auf unserer Station gibt es nicht viele Besucher. Einfach aufschreiben, was ich so denke. Aber mit Selbstzensur. Vorhin hab ich gedacht, dass die Straßen im Zentrum der Stadt sicher voller Menschen sind, während wir hier sitzen, gefangen in diesem Bau und in unseren Köpfen. Weihnachtslieder träufeln dort ihr süßes Gift aus Boxen über die Stände, während wir hier süße Erlösung in Form bunter Pillen aus anderen Boxen schlucken, Boxen, viergeteilt in morgens, mittags, abends, nachts. Nicht weit von hier die Maronibrater, die Karussells, das spritzende Frittierfett, Glühweindampfschwaden, Jingle Bells, das Klingeln der Glöckchen am Hals der Rentiere im Takt ihres schnellen Laufs. Oder ‚Last Xmas I gave you my heart' ... Ein paarmal hab ich das Lied gesungen. Und wie oft hab ich mein Herz vergeben? Nur ein Mal. Aber du hast es nie angenommen. Du ... irgendwie bin ich auch deinetwegen hier drin ... Du, mit deinen dunklen warmen Cognacaugen, der Puschelmähne eines Kuschelponys, den mahagonifarbenen Wellen, die deinen und meinen Kopf umwogten, wenn wir über das Schulbuch gebeugt waren, mit dem Nougatton deiner Haut, deiner Wangen, deines Nackens, deines Halses bis zu den Schlüsselbeinen, wenn ich auf den Ausschnitt deiner Bluse sah. Du, mit deinen schönen Händen, dem Schwung deiner dunkelroten Lippen, zwischen denen deine großen Schneidezähne aufschienen, wenn du lächeltest. Ich saugte deinen Atem in mich ein, selbst wenn er nach den Pausen ein wenig nach Zigarette roch, und wollte dich küssen. Wenn ich neben dir saß, die wenigen Male, war ich immer kurz davor, zu dir hinüberzusinken wie ohnmächtig, dein Gesicht duftend über mir wie die Blüten eines Orangenbaums, in den schützenden Schatten deines Haars, um von dir wachgeküsst zu werden, behütet von deinen weit geschwungenen Schultern, deiner über mich gebeugten, hochgewachsenen Gestalt.

Ich wollte immer in deiner Nähe sein, schaffte es aber nur im Chemieunterricht neben dir zu sitzen - für ein paar Stunden, dann verdrängten mich deine Freundinnen. Das war meine glücklichste Zeit auf der Schule, im Dunkel neben dir, vorne das in der Bunsenbrennerflamme leuchtend gelb verbrennende Natrium. Später gelang es mir immerhin, im Mathematikunterricht in der Reihe hinter dir zu sitzen. Aber schon damals wusste ich, dass ich nicht zu aufdringlich oder anhänglich sein durfte. Deshalb hielt ich auf dem Schulhof einen gewissen Abstand und versuchte auch, nur wenig zu dir hinzuschauen. Ganz zufällig sollte mein Blick nur kurz auf dir ruhen. Und wenn sich unsere Blicke trafen, tat ich, als sähe ich dich gar nicht. Dennoch entging mir wenig. Ich registrierte genau, mit wem du sprachst und über wessen Bemerkungen du lachtest.

Da sitzen wir wie weichgekochte Rüben, Kürbisse, Kohlrabis, in Beruhigungsmittel eingelegt, mit Stimmungsaufhellern aromatisiert. Wir sind abgeschossen, durchlöchert, abgeheftet, warten im Aufenthaltsraum, dass die Zeit vergeht, und Sinatras Stimme rieselt auf uns herab, Santa Claus Is Coming To Town … Die Gurke, für Sie, Herr Doktor, der Patient Mehdi Ghazali, nickt im Takt mit. ‚Better watch out!', kreischige Blechbläser – ich stelle mir Godzilla vor, mit angeklebtem weißen Rauschebart und im roten Mäntelchen, wie er zwischen den Häusern unserer Stadt umherstapft, einfach alles zertrümmert, nix da Geschenke. Sinatra war ein Scheißkerl. Wie sehr aber habe ich seine traurigen Songs gemocht, die, die er sang, als Ava Gardner ihn verlassen hatte … Jetzt hab ich ihn nur als Rat Pack - Arsch im Kopf, aufgequollen, betrunken, mit seinen kalten blauen Augen Frauen musternd, in brutale Mafia-Geschäfte verwickelt. Die Welt ist schlecht.

Es ist so schön, wenn die Schwestern morgens in das Zweibettzimmer, das ich mit der Gurke teile, hereinrauschen. „Wenn ich Sie so sehe, Schwester Müller, so jung und positiv", strahle ich sie an, „dann möchte ich eigentlich nur noch sterben, denn für einen Moment kann ich glauben, dass die Welt gut ist und man beruhigt abtreten kann." Sie schaut mich mit verständnislosem Blick an, weiß nicht, wovon ich rede. Ihre blauen Augen blitzen und ihre Apfelbäckchen sind gerötet. „Was schwafeln Sie denn da?" Ich versuche zu erklären, dass Tote den Staat doch weniger kosten, dass also nur ein toter Patient ein guter Patient ist. Jetzt tritt die Schwester ganz nahe an mein Bett und schnarrt „Raus da!" - „Aber Schwester Müller, das stimmt doch. Wenn bei Ihnen die Sterberate hoch ist, ist das ein gutes Zeichen." - „Hat Ihnen schon mal jemand gesagt, dass Sie zum Kotzen sind", zischt sie und: „Machen Sie Ihr Bett selbst." Weg ist sie. Die Gurke hat gar nichts mitbekommen, hat sich im Bad die Zähne geputzt.

Sinatra war ja in Wirklichkeit noch viel fieser als in diesem Melodram, ich weiß nicht mehr, wie es heißt, in dem er Shirley MacLaine mies behandelt, seine süße, lebendige, sympathische Busbekanntschaft, die am Ende von ihrem eifersüchtigen Freund erschossen wird. Widerlich war er. Und in dieser schlechten Welt sind's, wenn man genauer hinschaut, vor allem die erfolgreichen, mächtigen Männer. Ihre schrecklichen Taten kommen oft erst später ans Licht. Ich will die Namen hier nicht nennen, vielleicht schreibe ich sie auf ein Blatt Papier, das ich später verbrennen werde. S. war ja nur ein kleiner Fisch, nein, ein kleiner Kröterich, der sein Mäulchen aufmachte und ganz gut quaken konnte. Früher dachte ich, dass im Lauf der Zeit alles schlechter wird, heute denke ich das nicht mehr, denn mir ist klar geworden, dass die Verbrechen durch das Internet viel eher bekannt werden. Früher konnte man viel mehr unter den Teppich kehren, unter diese eh schon stinkenden Teppiche voller Blut, Tränen, Gehirnmasse, Sperma und Champagner. Nein, ich nenne die Namen der Täter nicht. Ihre Namen sollen ausgelöscht sein.

Besonders zu schaffen macht es mir, wenn ein Idol meiner Jugend sich später als moralisch verkommen oder sogar als Sexualstraftäter herausstellt. Die Enthüllungen über ein solches Idol, dessen Namen ich nicht nenne und niemals mehr nennen werde, haben einen Teil meiner Jugend entwertet. Ich war auf ein paar seiner Popsongs und auf seine Tanz-Moves hereingefallen. Ich hatte jemanden bewundert, der Kinder sexuell missbrauchte. Seitdem ich das erfuhr, habe ich seine Musik nie wieder gehört und werde sie nie wieder hören. Ich wünschte, ich könnte die Erinnerung an ihn löschen …

Ich schaue mich wieder im Aufenthaltsraum um. Die Gurke sitzt zusammengesackt im Sessel. Die Luft ist abgestanden – ich öffne ein Fenster. Kalte Luft kommt herein, die nach gebrannten Mandeln vom Weihnachtsmarkt riecht. Ich erschaure. Seit dem missglückten Gespräch mit Schwester Müller - wie lang ist das her? Eine Woche? - spreche ich mit niemandem mehr. Alle ziehen mich nur runter, das brauche ich nun wirklich nicht. Im Notfall antworte ich nur mit irgendetwas, das mir gerade einfällt. Je unverständlicher desto besser, nämlich desto verrückter. Das sichert mir den Platz hier. Die Gurke schnarcht jetzt. Er hat ja mit anderen eine Bank überfallen, war der Fahrer, aber im Kifferwahn … Sieht ganz süß aus. Die langen Wimpern heruntergeklappt, dunkle Locken um den Kopf. Auch ihm hängen die Arme an den Seiten runter. Extrapyramidale Nebenwirkungen, die kennt hier jeder.

Heute Nachmittag hatte ich mein wöchentliches Schaulaufen bei Ihnen, sehr geehrter Herr Dr. Sprock. Auf Ihr ‚Guten Tag' hin habe ich wohl ein „Selber" gemurmelt. Das gefiel Ihnen nicht. „Warum so feindselig?" Ich hab nicht geantwortet. „Wie geht es Ihnen?" (Oder hatten Sie etwa ‚Wie geht's uns denn heute' gefragt?) „33⅓." „Sie wissen ja, dass für Sie besondere Auflagen bestehen?" ‚Du mich auch', dachte ich, sagte aber „Shine on you crazy diamond". „Sie scheinen medikamentös gut eingestellt zu sein …" „I wanna be sedated." „Hmh", sagten Sie lächelnd, „aber das sind Sie doch. – Und jetzt reißen Sie sich mal zusammen, Mensch! Haben Sie Ihre 300 Wörter pro Tag geschrieben? Zeigen Sie mal her." Sie überflogen ein paar Seiten. „Das ist wenigstens ein Anfang. Immerhin spielen Sie in Ihrem Text nicht den

Verrückten so wie jetzt gerade." Sie sahen mich genau an. „Ich weiß, was Sie denken." Ich dachte darüber nach, dass meine Chancen, in der Anstalt zu bleiben und nicht ins Gefängnis zu kommen, am größten wären, wenn ich mich so verrückt wie möglich zeigte. „Vergessen Sie nicht, dass ich es bin, der Sie beurteilt", sagten Sie. „Sie wissen, dass mir die Behörde im Nacken sitzt. Die fragen regelmäßig, ob Sie haftfähig sind. Mir geht es um Therapie, denen dort um Strafe. Verrückt können Sie auch im Gefängnis sein. Da können Sie auch Zitate aneinanderreihen. Nur hört Ihnen da keiner mehr zu und Sie werden ganz andere Probleme haben. Verstehen Sie? Also machen Sie mir nichts vor und bleiben Sie bei der Sache." Ich muss das wohl abgenickt haben. Daraufhin stellten Sie mir Ihre Fangfrage. „Na dann sagen Sie mir doch mal: Was ist denn Ihre Sache?" Ich wusste keine Antwort. „Mann Gottes!" Ja, das riefen Sie. „Ihre psychische Verfassung natürlich! Ihre Instabilität, so will ich es einmal nennen. Liefern Sie mir erhellende Details. Vorgeschichte, Gedanken, Gefühle … Zeigen Sie mir, dass Sie sich mit Ihrer Schuld, mit Ihren kriminellen Handlungen auseinandersetzen." Sie schauten mich wieder durchdringend an, so, wie nur Sie das können. „Und noch einmal! Ich bin es, der Ihre Haftfähigkeit beurteilt." Mit diesen Worten entließen Sie mich. „I'm looking for freedom", hab ich beim Hinausgehen gemurmelt. „Raus mit Ihnen!", riefen Sie.

Sie hatten mich überrollt. Auf dem Gang hab ich mir dann Luft gemacht. „Ihr seid doch einer wie der andere!", hab ich geschrien. Genauso wie ich das immer wieder von Rentnern gehört hatte, die sich über irgendetwas aufregten und dabei mit ihren Gehstöcken in die Luft stachen. Gleichzeitig wusste ich aber, dass ich es nicht überziehen durfte, denn rausgeworfen werden wollte ich ja nicht.

Ich setze mich auf mein unbequem hohes Bett und ziehe mir den rollenden Nachttisch mit dem einstellbaren Tablett heran. Ach, wie gern hätte ich jetzt die kleine Hand meiner Mutter gehalten und ihr einen Kuss auf die Stirn gegeben. Sie trägt die dunkelblauen Sandalen, die sie immer anhatte, auch jetzt, im Grab, unter der Erde unter der Birke, aus der winzige Samenblättchen auf mich herabgeregnet waren, als ich zuletzt auf dem Friedhof war. Es muss im Herbst gewesen sein, vielleicht Allerseelen, El día de los muertos, und ich denke an ein Foto, das ich mal gesehen hatte: Ein alter kaputter Mexikaner sitzt da neben dem Grab seiner geliebten Frau und wartet darauf, dass sie für ein paar Stunden zu ihm zurückkehrt.

Absichtlich langsam – nur nicht zu gesund wirken! - bin ich zurück zum Aufenthaltsraum geschlurft. Alle saßen noch genauso da wie vor einer Stunde. Sitzen auch jetzt noch so da.

Teilweise mit geschlossenen Augen – wie Filmstars, die daran leiden, dass alles vorbei ist, unwiederbringlich, dass ihr Ruhm vergessen ist und nichts mehr kommt. Auf jeden Fall geht der Zauber der Weihnachtszeit allen am Arsch vorbei - an unseren plattgesessenen Ärschen. Ein graugesichtiger Patient starrt schon seit Stunden auf den kleinen blinkenden Weihnachtsbaum in der Ecke. Vielleicht erinnert ihn das Ding an seine glückliche Kindheit. Unwahrscheinlich. Eher denkt er, eine höhere Macht wolle ihm eine Nachricht zukommen lassen. Er kann sie aber nicht verstehen. Oder er denkt, der Tannenbaum sei sein eigenes Hirn, in dem die paar Synapsen immer im gleichen, wahnsinnig machenden Rhythmus feuern.

Doch plötzlich steht da so eine Art Drag Queen im Raum und sagt mit rauchiger Barsängerinnenstimme „Hallo, ihr Hübschen". Dunkelbraune, glänzend-glatte, bauschige Perücke, lackroter Mund, grün glitzernde Augenlider, Wimpern wie Bambi, markante Wangenknochen … Sie ist groß und zeigt mir ihren Riesen-Jeanshintern, als sie sich zur Gurke hinunterbeugt und ihr ein Küsschen gibt. Als sie sich aufrichtet, scheint sie ihren großen Busen wieder in der Bluse unterbringen zu müssen. Sie sieht aus wie ein Hispano, der sich als überreife Beauty Queen verkleidet hat. Mit Pilzkopffrisur und Plateauschuhen total Ende Sixties. Sie sieht die Gurke an und flüstert melodiös „the power of love …', woraufhin die Gurke irgendwie erwacht und schleppend „a voice from above" krächzt. „Cleaning my soul", haucht die Nightclub-Lady, nimmt ihren Freund an den Händen und zieht ihn langsam zu sich empor. Sie fasst ihn an der Taille, die Gurke macht gar keine schlechte Figur, und gemeinsam wiegen sie sich im imaginierten Song. „Love is like an energy", singt plötzlich die Raquel-Welsh-Bombe und dann tanzen die beiden hinaus.

Als ich später in unser Zimmer komme, sitzen sie am kleinen Tisch und spielen Karten. Ich wasche mir im Bad die Hände. „Schaust du nicht gern in den Spiegel?", fragt Raquel, die mir wohl zugesehen hat. Ich gehe zurück, schaue in den Spiegel und erschrecke. Ich hätte es besser wissen müssen! Ich sehe genauso aus wie der abgehalfterte Schrumpfkopf Sinatra in ‚Tony Rome' – Scheiße! „Komm, wir hübschen uns ein bisschen auf, Mehdi", sagt Raquel jetzt unternehmungslustig. Die beiden gehen ins Bad, schließen sich ein und ich höre sie kichern. Ich lege mich aufs Bett und erstelle im Kopf eine Liste der besten Disco-Songs. Mir fallen nur sieben ein: 7 Grace Jones: Pull up to the bumper, Baby – 6 Boney M: Daddy Cool – 5 Sylvester: You make me feel … - 4 Tina Turner: Nutbush City Limits 3 Broken Bells: Holdin' On For Life 2 Candi Staton: You are the love und die klare Nummer 1, absolut unwiderstehlich: Bee Gees: Stayin' Alive. Ich summe gerade den Falsett-Part, als die beiden wieder rauskommen.

Unglaublich! Die Gurke ist völlig verändert, das Gürkchen ist zum Gherkin mutiert. Seine Freundin hat ihn auf Pumps gestellt, ihm die lockigen Haare gekürzt, seine großen Kulleraugen mit Kajal umrandet, ihm ein tailliertes Oberteil übergestülpt. Die Gurke sieht sehr gut und sehr intensiv aus. Vielleicht ist ihr auch ein Pillchen verabreicht worden, denn sie strahlt plötzlich, schwingt ihre Hüften, wackelt mit dem Po, hat den Swag …

Die beiden tanzen mich an. Und für eine Minute vergesse ich das Klinikzimmer, den Geruch nach Reiniger - sehr giftig für Wasserorganismen wie Guppys und Nixen, zum Beispiel - , die abgestandene Luft, das Neonlicht, das die Balken über dem Kopf der Betten an die Wände strahlen und das sich zur Decke hin im Grau verliert, die spiegelnden Glasscheiben, die nur das Bild der Gegenstände, Nachtschränke, Betten, eins mit Galgen, zurückwerfen, dabei ist in der Schwärze hinter den Scheiben das Leben, die Freiheit, die Welt. Doch nun ist all das einen Augenblick lang auch hier im Zimmer und mich erfasst die Sehnsucht, mich fallen zu lassen, aufgefangen zu werden von dieser voluptuösen Queen, ihre Wärme zu spüren, von ihr umarmt zu werden, meine Nase in den duftenden Stoff ihres Tops zu drücken, die Augen zu schließen in einem Walzerwirbel … Und tatsächlich umarmt sie mich, zieht mich an sich - ist das ein echter Busen, dessen Weichheit und Wärme ich an meiner

Brust fühle? Meine Beine werden wacklig, ich knicke in den Knien ein, aber ihre großen Hände stützen mich im Rücken, heben mich zu ihr und drücken mich wieder an sie, so dass mein Gesicht sanft auf einer ihrer Schultern, mit dem Kinn in der Kuhle über ihrem Schlüsselbein zu liegen kommt und an ihrem Haar vorbei sehe ich das glückliche Gesicht Mehdis, der mit sich selbst tanzt, sich die Hände auf die wiegenden Hüften legt, versunken in den Moment wie ich.

Diese Seiten über die Gurke werde ich natürlich nicht abgeben. Die kriegt keiner hier zu sehen. Es wäre für uns beide nicht gut. Aber worüber soll ich sonst schreiben? Wie kriege ich die Seiten hier voll, so dass dieser erloschene Vulkanier Mr Spock alias Sprock Ruhe gibt? Über meine Zeit in Sarahs Wohnung will ich nichts sagen. Und ich hab auch keine Lust, von der Fahrt nach Madrid zu erzählen. Ich streich einfach alles - vom Besuch beim Stationsarzt an bis hierher. Stattdessen knall ich irgendwas anderes hin, was mir gerade einfällt. Den letzten Satz muss ich natürlich auch streichen.

Die US-Briefmarke ,Old Faithful' ist von 1972 und aus der Serie National Parks Centennial. Sie ist ein Hochformat, etwa viereinhalb mal drei Zentimeter groß und hat den Standardwert 8 Cents. Sie zeigt die Fontäne des Geysirs im Yellowstone Nationalpark als Stichtiefdruck in den

Hauptfarben Hellblau, Weiß und Hellgrau. Die Eruption wird von drei beieinanderstehenden Personen im Vordergrund betrachtet, die angesichts der riesigen Dampfwolke sehr klein wirken. Die Marke erinnert mich an meinen Besuch im Nationalpark. Ich hatte mit einem Freund in einem Zelt übernachtet. Da es in der Gegend Braunbären gab, hängten wir unsere Nahrungsmittel über Stangen, die zwischen den Baumstämmen angebracht waren. In der Nacht regnete es. Am Morgen war es kalt und unsere Turnschuhe waren völlig durchnässt. Frierend standen wir an der kaum befahrenen Straße. Schließlich nahm uns eine kleine Familie in einem alten Bully mit. Sie waren sehr nett und in der Wärme waren unsere Schuhe nach ein paar Stunden halbwegs trocken.

Nein, über meine Erlebnisse in Madrid schreibe ich nichts.

Schon immer hatte ich eine Schwäche für französische Bulldoggen. Ich mag ihre platt gedrückten Gesichter mit den spitz hochstehenden Fledermausohren. Ihr kräftiger Rumpf mit der breiten, oft gefleckten Brust, wird von kurzen krummen Beinen getragen und läuft in einem Schwanzstummel aus. Eine französische Bulldogge wiegt bis zu 15 Kilogramm bei einer Schulterhöhe von bis zu 40 Zentimetern. Sie ist kompakt und muskulös, ein guter Familienhund, freundlich, zutraulich und verspielt. Sie ähnelt einem Mops, ist aber größer und hat vor allem einen im Verhältnis viel größeren Kopf. Wie alle Hunde schnüffelt sie gern am Hintern anderer Hunde, um herauszufinden, wie es um den anderen steht. (Letzten Satz streichen!)

Später, als wir wieder allein sind, zeigt Mehdi mir, was ihm seine Freundin geschenkt hat: eine fremdländische Streichholzschachtel, Fósforos ‚La Imperial‘, mit dem Bild eines blauen Raben drauf, grünen Blättern vor blauem Himmel, Hecho en México, und im Rumpf des Raben sind die Buchstaben EERS eingezeichnet, man soll einen Namen daraus bilden, Raquel sagt, es heißt ‚eres‘ - ‚du bist.‘ Mehdi zeigt mir, dass man das Schächtelchen aufklappen kann wie ein Fenster, dann sieht man drei Figuren in einem winzigen Raum sitzen. Es ist das heilige Paar mit dem Jesuskind im Stall. Die Personen sind wohl aus Plastilin geformt, sie wirken sehr echt, und durch ein Fensterchen in der Wand hinter ihnen sieht man auf eine dunkle Landschaft unter lapislazuliblauem Sternenhimmel. Ein kleines Wunder - und wir beide sitzen ein paar Minuten nebeneinander auf der Bettkante und schauen in die Streichholzschachtel.

Ich flieg über die Erde, mit gleichmäßiger Geschwindigkeit, ich habe keine Flügel, ich fliege einfach, ich kann nicht stoppen, über eine Stadt, ich sehe von oben auf die Dächer, die

Balkone, in Fenster hinein und hinunter auf die Straßen, Dampf steigt auf und ich rieche kochende Nudeln, Fritierfett, Marihuana und Abgase, Jugendliche knattern auf ihren Motorrädern durch enge Gassen, ich sehe, wie ein Mann seine weinende Frau an den Kopf schlägt, ich fliege weiter, jetzt steigt der Geruch von Hundekacke auf, ich höre Schüsse, Schreien, sehe einen Toten in einem Hauseingang liegen, zwei Hunde kommen nach dem Geschlechtsakt nicht voneinander los, ein träumender Schüler am Fenster eines lärmigen Klassenzimmers, ein Friedhof, Knochenstätte, nur noch wenige Häuser auf halbkahlen Hügeln, dann Wald, federnder Boden, ein glitzerndes Flüsschen, schnell, kalt, klar, die bunten Kieselsteine, ich tauche ein, zur Ruhe kommen ...

Ich war eingeschlafen, das Zimmer ist dunkel, nur von der Tür her kommt der schwache gelbliche Schein des Notlichts. Die Gurke hat sich wie immer völlig unter der Decke verkrochen. Nichts ist zu hören, bis auf das Rauschen in meinen Ohren, das mir nur auffällt, wenn es sehr still ist und klingt, als stünde ich an einer vielbefahrenen Straße. Ich weiß, dass ich erst einmal nicht weiterschlafen kann und stehe auf, schlüpfe in meine Plastiklatschen. Trete auf den Korridor hinaus. Dort umgibt mich der Mief der ewig umgewälzten Luft: süßliche Wischmittel, abgestandener Pfefferminztee, feuchtes Metall, die Schweißfuß-Clogs der Nachtschwester und ihr Kaffee-

und Zigarettenatem. Durch die Scheibe des Stationszimmers in der Mitte des Gangs fällt Licht auf den Linoleumboden und lässt ihn glänzen. Ich gehe in die andere Richtung, will dem Drachen nicht begegnen. Am Ende des Ganges trennt eine Glastür einen kleinen Raucherbereich ab, der jetzt dunkel daliegt. Dort gibt's ein paar Sitzgruppen vor einem Fenster, das immer auf Kipp steht. Es gibt keinen Vorhang, vielleicht weil man den anzünden könnte. Erst als ich den Bereich betrete, bemerke ich eine Frau, die rauchend auf dem Arm einer Couch sitzt und nach draußen in die Schwärze starrt. Ihre Arme sind bandagiert und wirken dadurch seltsam elegant, so als komme sie von einem Ball, - fehlt nur das weiße Spitzenkleid. Vielleicht hat sie sich vor kurzem die Pulsadern aufgeschnitten. Fortwährend fummelt sie an ihrem Mund herum, streicht sich über die aufgesprungenen Lippen, wirkt nervös und schaut immer wieder hinaus, als sei dort etwas.

„Vielleicht schneit es heute Nacht noch", sage ich. „Is doch scheißegal!", faucht sie. „Noch sind wir nicht bei den Toten." Sie knetet an ihrer Unterlippe herum. „Die Toten - The Dead - Die Toten - The Dead", wiederholt sie in einem Singsang. Ich bin eingeschüchtert, denke dann aber, dass ja hier in der Klapse eigentlich alles egal ist. Sie sieht mich an, als sei ich geistig zurückgeblieben. „Da macht es clickety, clickety, nie gelesen - click", murmelt sie höhnisch und schnippt den Zigarettenrest durch den Fensterspalt. Ich sehe ihn steigen, dann prallt er gegen irgendetwas, denn es gibt einen Funkenregen. „Partyschwätzer, typisch Scheißmann!", zischt sie mir verächtlich zu, als sie hinausgeht. Mein Herz hämmert, während jetzt ich es bin, der hinausschaut ins Nichts. Ich sehe schemenhaft, dass es die Feuerleiter gewesen sein muss, an die sie die Zigarette gefeuert hat, schaue hoch und meine gerade, das schweflige Gelb des Himmels zu erkennen, als plötzlich einige Schneeflocken fallen, aus dem Nichts kommen. Zart, weiß aufleuchtend, glitzernd, schwebend folgt jede ihrem eigenen Weg, wieder im Nichts verschwindend.

- Is was, Doc? If you really wanna know about it … Ich werde alles darauf verwenden müssen, die Vorgänge genau zu verstehen. Aber eigentlich ist's ganz einfach. Irgendwann hat mich das Unrecht, das vor allem mächtige Männer anrichten, so angekotzt, dass ich beschloss, etwas dagegen zu tun. Damals hatte mich gerade meine Tante rausgeschmissen. Ich glaube, sie dachte, so würde ich lernen auf eigenen Beinen zu stehen, einen Job suchen … Aber ich saß seitdem in einem kleinen Zimmer in einer Trabantensiedlung, in der man, wenn man aus der Wohnung kam, nicht einmal morgens und mittags sicher sein konnte, nicht zusammengeschlagen zu werden. Aggressive Kids lungerten Tag und Nacht überall rum. Einziger Job im ‚Ghetto', wie sie es nannten, war Dealen.

Nachts konnte man sicher sein, dass sie einen erwischten. Während sie dich beschimpften, kesselten sie dich ein, dann schlugen sie dich. Also wagte ich mich kaum noch aus dem Haus und hatte viel Zeit. Das bekam mir nicht gut, weil ich zu viel grübelte. Und das führte mich zuletzt - die Geschichte davor möchte ich jetzt nicht erzählen - hierher, zu Ihnen, Herr Doktor, zu den Shrinks, die den Patienten die Köpfe zurechtschrumpfen oder selbst in der Birne so frisch sind wie Schrumpfköpfe. – Nein, das geht so nicht! Ich brauch Tipp-Ex, hab aber keins. Morgen wird ich mir Deckweiß klauen in der Gestalttherapie und alles wird weiß wie frisch gefallener Schnee oder weiß wie ein frisch Gefallener, der viel Blut verloren hat.

Ich saß also in meinem Zimmer mit Blick auf die Jugendlihen, die an der Bushaltestelle rumhingen, rauchten, spuckten und nach Opfern Ausschau hielten. Warum waren sie so? Niemand hatte sich um sie gekümmert und sie hatten die falschen Vorbilder. Macht kaputt, was euch kaputt macht, dachte ich. Man musste ihre falschen Vorbilder zur Rechenschaft zu ziehen. Doch mit wem sollte ich anfangen? Es sollte jemand sein, der nicht nur ein schlechter Mensch war, sondern auch die Träume meiner Jugend in den Dreck gezogen hatte. Zuerst aber musste ich einen Überblick gewinnen und machte es wie in einem Fernsehkrimi. Ich beklebte eine ganze Wand mit Fotos all der Personen, die Ziel meines Rachefeldzugs gegen die bösen Mächte sein konnten. Ich sammelte Informationen, recherchierte nur an Computern in Internetcafés, trug dabei Mützen, Hoodies oder andere Kopfbedeckungen, um meinen Eierkopf, - welch hübsche Locken hab ich mal gehabt! -, zu verbergen. Außerdem legte ich jedes Mal ein gefaltetes Blatt Papier so über den Monitor, dass die PC-Kamera abgedeckt wurde und mich nicht filmen konnte. Die Informationen verknüpfte ich zu einem immer dichteren Netz, das wie das Sporengeflecht eines großen Pilzes erst eine Wand und dann alle Wände meines Plattenbauzimmers überzog. Immer wenn ich dann darauf starrte, dachte ich an das größte Lebewesen dieser Erde, den Pilz, der den ganzen Nordwesten der USA unterwandert hatte und unaufhörlich weiterwuchs. Oft stellte ich mir vor, dass ich in meinem Netz die Spinne fangen würde, bis mir klar wurde, dass ich selbst die Spinne war, die das Netz baute. Zumal schon bald feststand, dass ich Gift benutzen wollte. Den Anblick der Wand mit all den Visagen und schockierenden Schlagzeilen, den Zahlen und Namen konnte ich kaum ertragen. Ich konzentrierte mich auf jemanden, den ich ganz am Anfang seiner Karriere bewundert hatte. Seine verspielten Dribblings, die vierfachen Übersteiger und Sprints hatten mich begeistert. Dann hatte sich das Bild eines selbstverliebten Arschlochs entwickelt, aber davon gabs ja viele im Profisport. Als jedoch die ersten Anzeigen mit dem

Vorwurf der Vergewaltigung auftauchten und bekannt wurde, dass der Star Schweigegeld bezahlt hatte, wurde er zu einem Hassobjekt. Ohne Zweifel hatte er mit seinen Taten einen Teil meiner Vergangenheit entwertet, vergiftet, jetzt würde ich ihn vergiften, - wenn er seine Verbrechen nicht öffentlich zugab. Mit Hilfe des Internets entwarf ich einen Drohbrief auf Portugiesisch. Dann klebte ich ausgeschnittene Buchstaben zu den Wörtern und Sätzen zusammen. Das hatte ich oft im Fernsehen gesehen. Ich gab mir viel Mühe, arbeitete mit verschiedenen Handschuhen, Klebern, Scheren, Unterlagen und schnitt die Buchstaben aus vielerlei Druckerzeugnissen aus. Ich warf die Drohbriefe in verschiedene Briefkästen in der Stadt. Ich adressierte sie, in unterschiedlichen Handschriften, mit verschiedenen Stiften, an: X – nein, ich lasse mich nicht herab, seinen Namen zu nennen -, Real Madrid Club de Fútbol, Avenida de Concha Espina 1, 28036 Madrid, España. Ich habe die Adresse so oft geschrieben und die Worte des Drohbriefs so oft gelesen, dass ich sie auch jetzt noch auswendig weiß. ‚Admite publicamente que você estupron mulheres. Mostre remorzo credível e jure nunca mais estuprar ninguém. Pague às suas vítimas qualquer quantia de dinheiro que elas exigirem. Doe pelo menos 100 milliôes de euros pare instituicôes de caridade no campo ‚Ajuda para vítimas de estupro'. Caso contrário …' Für den Fall, dass Sie kein Portugiesisch können, Senhor Dottor, übersetze ich es

Ihnen (und komme damit der mir von Ihnen aufgezwungenen Zahl von 500 Wörtern pro Tag näher): ‚Geben Sie öffentlich zu, dass Sie Frauen vergewaltigt haben. Zeigen Sie glaubhaft Bedauern und schwören Sie, niemals mehr jemanden zu vergewaltigen. Zahlen Sie Ihren Opfern so viel Geld, wie diese verlangen. Spenden Sie mindestens 100 Millionen Euro für wohltätige Einrichtungen im Bereich ‚Hilfe für Vergewaltigungsopfer'. Falls Sie dies nicht tun …' Ich wollte, dass möglichst viele Menschen von der Aktion wussten, kopierte Tausende von Flyern und legte sie in Bars verschiedener Städte aus. Immer behandschuht und verkleidet, mal als Mann mit angeklebtem Schnurrbart und Sonnenbrille ‚I wear my sunglasses at night' summend, mal als Frau mit Perücke, Stöckelschuhen, farbigen Kontaktlinsen, braun gepudert glitzernd, in Kleidung, die ich meiner Tante entwendet hatte. Ich wählte strategisch günstige Stellen, meist in der Nähe des Ausgangs, wo der Zugwind die Blätter sofort von meinem Stapel auf den Boden fegte.

Von den sanften, dicht bewaldeten Hügeln um das kurvenreiche, hell glitzernde Band des immerhin 101 größten Flusses der Erde, von diesen Hügeln, die einst von glühender Lava überquellende Vulkane gewesen, erloschen und im Lauf von Millionen Jahren abgewetzt worden waren, hat man einen schönen Blick auf die blauen Berge im Süden. Auf einem der flachen Hügel liegt ein Hof, um den herum im Sommer das Korn steht und in der Brise leicht wogt. Ein Sirren steht in der duftenden Luft, das sich aus dem Zirpen Tausender Insekten, dem Gesang der Vögel und dem Geräusch der Blätter, durch die der Wind streicht, zusammensetzt.

‚Zeitspiel!', höre ich Sie rufen, Herr Doktor. Schade! Sie haben es bemerkt. Na gut ... Ein halbes Jahr lang verfolgte ich die Meldungen der Presse, aber der Prädator gab keine öffentliche Erklärung ab. So zwang er mich, meinen nächsten Schritt zu tun. Der Scheißkerl musste weg. Ich war mir nicht mehr sicher, ob Gift geeignet war und suchte im Netz nach Informationen, wie man eine Pistole baut. Ich dachte darüber nach, einen 3-D-Drucker zu kaufen, um die Teile für die Pistole zu drucken, aber ich hatte das Geld nicht. Eine Bombe kam nicht in Frage. Ich verachte Bombenbauer und Bombenwerfer, denn sie töten immer auch Unschuldige. Genau wie Amokläufer. Aber auf solch eine Pistole aus dem Drucker wäre sowieso kein Verlass gewesen, wusste ich. Dann dachte ich an Messer. Obwohl ich mit dem Blut von X auf keinen Fall in Berührung kommen wollte, ihn nicht berühren wollte. Aber wenn ich das Messer in ihm stecken ließe, konnte es gehen. Also bestellte ich mir ein Sushi-Messer, lang und schmal. Ich weiß noch, wie es angepriesen wurde: Das japanische Sushi-Messer ist meist über 200

Millimeter lang, sehr spitz und aus Stahl mit hohen Härtegraden geschmiedet. Letzteres sorgt sowohl für ein extrem hohes Schärfepotenzial als auch dafür, dass diese Filetiermesser, rasiermesserscharf geschliffen, weitaus länger scharf bleiben als jedes vergleichbare Küchenmesser. Zudem ist das Yanagiba wunderbar ausbalanciert.

Als ich das Messer dann in der Hand hielt, ahnte ich, dass ich es nicht schaffen würde, es X ins Herz zu stechen. Dennoch schaute ich mir als eine Art Training Filme mit Messerstechern und Messerwerfern an. Im unheimlichsten dieser Filme warf ein Zirkusartist, der so tat, als habe er keine Arme (er ließ sie sich auf den Rücken binden), die Messer mit seinen Füßen. Später ließ er sich die Arme tatsächlich amputieren … Kill Bill und Blade … ich spielte einige Szenen nach, versuchte es mit Wurfmessern, aber es war lächerlich. Außerdem wurden eher Eispickel verwendet, The Little Sister, Basic Instinct, Matador … Trotzdem stellte ich mir vor, wie ich mich X in einer Madrider Bar näherte, das Messer aus dem Ärmel rutschen ließ und zustieß - in diesen Körper voller Muskeln mit dem dummen Kopf, in dieses Stück Fleisch – exakt, tief und elegant wie ein Torero. Aber das Leben war nicht so wie in einem Almodovar-Film. Natürlich hätte ich an seinen Bodyguards vorbeikommen müssen, großen, geschulten, miteinander vernetzten Spezialisten, und selbst wenn es mir gelingen sollte, in X' Nähe zu gelangen, würde sich im letzten Moment sicher ein unauffälliger Mann neben ihm als Security-Person entpuppen, als ein Martial-Arts-Meister, der mich, fast ohne sich zu bewegen, entwaffnen würde. Man würde mich vor X schleifen, und dann, und diese Vorstellung machte mir besonders zu schaffen, würde der Braungebrannte mir ins Gesicht spucken. Anders als auf dem Platz würde er sich genussvoll räuspern und voller Hass spucken ... Nein, so ging das nicht. Es musste doch Gift sein. Gift musste her! Ich recherchierte und fand heraus, dass eigentlich nur Zyankali, Rizin und Schlangengifte in Betracht kamen. Zyankali, Kaliumzyanid, das Gift, mit dem sich einige Nazis umgebracht hatten, nur leider viel zu wenige, war eventuell über Apotheken zu bekommen, ein Giftschein war nicht unbedingt nötig, es lag im Ermessen des Apothekers, das Gift auszuhändigen. So hätte ich vielleicht über Juweliere eine Bestätigung bekommen können, dass es für die Reinigung von Schmuck benötigt werde. Aber X Kaliumzyanidsalz in einen Drink zu schütten, hätte nicht viel gebracht, denn es löste sich schlecht in Alkohol auf. KCN war gut wasserlöslich - aber trank X Wasser in einer Bar? Wenn, dann Mineralwasser, agua con gas, und dessen Kohlensäure würde durch chemische Reaktion Blausäure freisetzen, die verräterisch nach Bittermandeln roch und sich schon bei Zimmertemperatur verflüchtigte. Um den 84 Kilogramm schweren X zu töten, hätte ich ihm, meiner Berechnung nach, eine Dosis von etwa

250 mg Cyanid verabreichen müssen, das alles war zu schwierig, von zu vielen Bedingungen abhängig. Eine Kapsel beim Pipa-Knabbern, ging es mir durch den Kopf … Quatsch! Von einer Schlange konnte ich ihn auch nicht so ohne Weiteres beißen lassen. Die giftigsten, der Taipan oder der Krait - Letzterer bekannt aus einer Sherlock-Holmes-Geschichte - waren nicht aggressiv genug. Eine schwarze Mamba zu auffällig und wenig empfänglich für ein ihr von mir zugerufenes „Fass!" (Entschuldigen Sie den dummen Witz, Herr Doktor) Sollte ich die Mamba etwa werfen? Also blieb Rizin. Das kannte ich aus ‚Breaking Bad', meiner Lieblingsserie, die ich allerdings nicht mehr ertragen hatte, als Walter White wirklich zum schlechten Menschen wird, auf einer Feier vor allen Gästen seine kalte, grausame, neue Verbrecherseite gegenüber seinem Sohn zeigt, ihn Alkohol trinken lässt und ihn fertigmacht. Bei näherer Beschäftigung mit diesem Gift zeigte sich aber, dass es im Grunde injiziert werden musste – zum Beispiel per Regenschirmspitze wie einst vom bulgarischen Geheimdienst. Dann ist es tödlich. Alle anderen Vergiftungswege, also über den Magen oder die Lunge, zeigten keine zufriedenstellenden Ergebnisse, sprich Mortalitätsraten – spreche ich nicht schönstes Nazimediziner-Deutsch? – So wie Sie, Doktor? - Sind Sie noch da? Oder schon nach Brasilien geflohen? (Streichen!)

Gegen Morgen sehe ich von der Sitzecke aus einem Zombie im Schlafanzug zu, wie er den Gang entlangschlurft. Tagsüber ist der Typ kaum zu sehen. Schließlich gelangt der Mann an die verschlossene Stationstür und klopft stumpfsinnig ans drahtdurchzogene Glas, bis die Nachtschwester herbeieilt und ihn auf sein Zimmer führt. Als sie wieder herauskommmt, scheucht sie mich in mein Zimmer zurück. Ich kann aber nicht schlafen. Also schalte ich unter der Bettdecke meine Taschenlampe an und schlage, wie damals als kleiner Junge, mein altes ,Brehms Tierleben' auf. Der Buchdeckel ist fast abgerissen, Fäden stehen vom offenen Buchrücken ab, die Seiten sind vergilbt und riechen angenehm holzig. Ich habe schon mit zehn in diesem Buch gelesen, heute schaue ich mir fast nur noch die Zeichnungen an, denn ich schaffe es nicht mehr, längere Passagen zu lesen. Die Mopsfledermaus sieht nicht niedlich wie ein Mops aus, sondern hat ein fieses Darth-Vader-Gesicht. Mit einem riesigen Mond im Rücken, über den dunkle Wolkenfetzen ziehen wie blutgefleckte Rasierklingen, führt sie einen Schwarm an, der auf mich zufliegt. „Aus allen Ritzen, Höhlen und Löchern hervor kriecht eine düstere, nächtige Schar, welche sich bei Tage scheu zurückgezogen hatte, als dürfte sie sich im Licht der Sonne nicht zeigen, und rüstet sich zu ihrem nächtlichen Werke. Je mehr die Dämmerung hereinbricht, um so größer wird die Anzahl dieser dunklen Gesellen, bis mit eintretender Nacht alle munter geworden sind und nun ihr Wesen treiben." Ein schönes Zitat, oder, Herr Doktor? Und der Wortzähler klickt nur so.

Der Gestalttherapeut zeigt lächelnd auf ein paar große Batzen, die auf dem Tisch liegen. In seinem Kittel sieht er aus wie ein Metzger, der Fleischstücke anbietet. Ich vergesse seinen Namen immer wieder, aber Sie wissen ja, wie er heißt, Herr Doktor. „Liebe Klientinnen und Klienten, bedienen Sie sich", sagt er. Die Nervöse, vor der ich ein bisschen Angst habe, immerhin hat sie versucht, ihren Mann zu ermorden, die Nervöse stößt Luft durch die Nase aus und ich meine ein wenig Rauch rauskommen zu sehen, obwohl sie hier drin natürlich nicht rauchen darf. Es muss also einfach Rauch aus ihrem System sein. „Ich mach'n Mett-Igel", raspelt sie, fummelt drei Zigaretten aus ihrer Hose raus und steckt sie in einen Tonklumpen vor sich. Der Therapeut setzt sich neben sie und fragt sie etwas, aber ich höre nicht mehr zu, denn ich sehe jetzt, dass die Gurke eine Art großes Gummibärchen formt, eine Gummibärin mit großen Brüsten. Den Kopf zwischen warme Vanillepudding-Hügel betten, sanft im Auf und Ab eines fremden Atems einschlummern. Ich schaue auf meine Hände, die ich nicht mag, mir fällt nichts ein und ich knete ein bisschen so vor mich hin. Nach einer Weile sehe ich, dass vor mir ein Monster entstanden ist mit Schneckenaugen auf Stielen, einem Schlitzmaul, aus dem eine lange Zunge hängt, einem kurzen Mumin-Schwanz hinten, der übers Poloch lappt und, das ist peinlich, einem gebogenen aufgerichteten Schwanz mit dicker Eichel vorn. Ich wollte das Monster gerade zerquetschen, als der ‚Begleiter‘, wie er sich nennt, sich zu mir setzt. Ich werde rot, und er fragt, was ich da mache. Ich zucke mit den Achseln und murmle schließlich – er wartet – „Ich weiß es nicht", als die Nervöse mit einem Mal anfängt, sich Kopfhaare auszureißen. Diese pflanzt sie einer kleinen Figur auf den Kopf, die aufrecht wie eine Wache dasteht. „Juju, beschütz mich", höre ich sie flüstern. Irgendwann ruft der Meister in die Runde: „Jetzt können wir die Figuren anmalen! Öllack, Pinsel, alles da." Ich wähle pink und hellgrün, es sieht irgendwie fies aus. Die Gurke übergießt seine Gummibärin mit Sperma-Weiß und die Voodoo-Zauberin tupft leoparden und malt den Hintern ihrer tödlichen Figur mandrillrot an. Der Therapeut klatscht in die Hände: „Tassen brennen, damit sie dichthalten. Alles andere einfach trocknen lassen." Mein Gegenüber starrt seine klumpige Tasse an. Vielleicht will er sie per Telepathie schieben. Klappt aber nicht. Der Begleiter stellt das hässliche Ding beiseite und zeigt auf einen abgerückten Sessel. „Wer möchte mit jemandem sprechen?" Ich schaue zum Sessel hin. Wie der Sessel von Freud, in dem er in seiner Londoner Wohnung gesessen hatte. Ich sehe Freuds Aura, seine Müdigkeit, ich rieche seinen

Pfeifentabak, leicht vanillen, und schmecke den Tee in seinem Mund, ich fühle seine Schmerzen am Zungengrund, den Krebs und ich denke, dass das was nicht da ist, viel mehr da ist als das, was da ist. Der Nagel an der weißen Wohnzimmerwand, an dem das grünliche Regenbild gehangen hatte. Die Brücke im Regen. Hiroshige? Hokusai? Das Bild, das Van Gogh nachgemalt hat, jedenfalls. Nein, Hokusai nicht, nicht der Maler, der in diesem japanischen Comic, den ich mal gelesen habe, von hinten nach vorn, seinen ungewaschenen Schwanz anfasst, dann an seinen Fingern schnüffelt und den Geruch erregend findet. Hiroshige also. Der breite Fluss, auf den es aus dunklem Himmel herabregnet. Regen, schräg fallend, durch den die Menschen mit Hüten, die wie Regenschirme aussehen, über die Brücke gehen, Regen, der das ferne bewaldete Ufer drüben verschwimmen lässt. Das Bild ist wirklicher als alles andere um mich herum. Manchmal ist auch meine Mutter da, manchmal mein Vater. Dann sind sie da, obwohl sie nicht da sind, im Raum anwesend, obwohl sie gestorben sind. Vielleicht ist es ihr Geist, der vorbeischaut, der mich grüßt. „Hau ab, du Arschloch!", ruft die Nervöse jetzt in Richtung Sessel und macht eine wegwerfende Handbewegung. „Was wollen Sie dem, der da jetzt sitzt, denn außerdem noch sagen?", fragt der Therapeut. Mich kotzt diese Fragerei ja an, dieses Süßliche, Unechte, aber doch Bohrende. Die Nervöse aber wendet sich jetzt ganz dem Sessel zu und schreit: „Du stinkst, du Stück verfaultes Fleisch! Nichts geschafft im Leben, alles nichts geworden, kaputt, gestorben, tot!" Ihr Gesicht ist verzerrt, die Lippen zittern. Wieder hakt die auf lieblich gestellte Stimme nach. Ob sie die Person vielleicht ein bisschen beschreiben könne. Sie beginnt zu weinen, kurz sieht man in ihren verhärmten Zügen das kleine Mädchen, das sie mal gewesen ist, todunglücklich, dann legt sie ihre faltigen Hände vors Gesicht und schluchzt. Wer es denn sei, der da auf dem Stuhl sitze. „Das bin doch ich, du Idiot!" Nach einer kleinen Weile legt die Gurke ihr eine Hand auf die bebende Schulter, doch sie schüttelt sie ab, steht auf, nuschelt „Ich brauch ne Zigarette, ihr Blödmänner" und geht unsicher hinaus. Die Sitzung ist zuende. Wir sollen unsere Figuren mitnehmen. Keiner traut sich, das gefährlich aussehende Voodooteil von der Nervösen anzufassen und für sie mitzunehmen. Auch der Therapeut macht einen Bogen drum. Ein paar Zigaretten später holt sie es dann ab, stapft entschlossen an uns vorbei, als wir schon beim Essen sitzen. Danach - wie immer - bleierne Müdigkeit. Geben Sie es doch zu, Herr Doktor, von Giftmischer zu Giftmischer, bleibt unter uns, im Essen ist ein Schlafmittel drin, oder? Es kann gar nicht anders sein. Nach dem letzten Happen schleppt man sich aufs Zimmer, wer's nicht schafft, bleibt schlafend sitzen, sabbert vor sich hin. „Mercy, Mercy, Mercy!" - Cannonball Adderley, „Scheiße, Scheiße, Scheiße!" - ich. Im Aufenthaltsraum liegt übrigens ein dicker Wälzer über Musiker. Hat der dicke Alte vergessen, ein dementer Schwerkrimineller, der sich keiner Schuld mehr bewusst ist, vielleicht auch nie war. Ich nenne ihn für mich den Posaunisten, weil er immer die Backen aufblies und Töne von sich gab. Keine Melodie, kein Rhythmus. Der schleppte den Klotz immer mit sich herum, ohne jemals darin zu lesen. Hat ihm wahrscheinlich mal jemand geschenkt. Aus Langeweile blättere ich darin herum, den Fraß aufstoßend, die Augen werden schwerer und schwerer, ich lese Zeug wie „qualvolle Rückenmarksdarre, die dem Leben schon des 46jährigen ein Ziel setzte und den Gatten einer temperamentvollen Polin als heftigen Erotiker ahnen läßt". E.T.A. Hoffmann - Syphilis. Über Paganini: „Sie gebar ihm einen Sohn Achille, der Glück und Inhalt seines Lebens wurde, während die menschlich unerfreuliche Antonia in das Nichts zurücksank, aus dem sie gekommen war." Verstört wache ich auf. Ich liege mit dem Gesicht auf einem Sitzpolster, in das sicher schon unzählige Patienten hineingepupst haben.

Ja, ja, ich weiß, Herr Doktor, Sie wollen keine Plauderei, Sie wollen Substanz, sagen Sie, Sie sind unzufrieden, ich verstehe Sie, aber Sie müssen auch mich verstehen. Sich zurückzuwenden und in die dunklen, verworrenen Löcher des eigenen Lebens hinabzusteigen, in den Gestank eines

Erdlochs, eines Dachsbaus hinabzugleiten und an den spiegelnden Wänden die eigene Fratze sehen zu müssen, die Angst immer tiefer hinuntergezogen zu werden … Da halte ich mich lieber an etwas fest, das an der Oberfläche bleibt, zum Beispiel der Gurke, mit ihrem freundlichen Lächeln, den dunklen Augen, ihren sich kräuselnden Haaren mit ein wenig Grau an den Schläfen, dem molligen Körper, die Gurke im Trainingsanzug wie ein reisender Russe - eine Mischung aus sirrend heißem Orient und rauchig kaltem Osten. Da sitzen wir wieder in der Raucherecke, obwohl wir nicht rauchen, und die Nervöse, die eine nach der andere ansteckt, ist auch dabei und hält uns einen Vortrag über die Durchsichtigkeit der Welt. Alles sei klar, liege auf der Hand, die Schlechtigkeit und Hässlichkeit des Menschen, heute könne man alles sehen, alles sei transparent durchs Internet, aber sie habe das alles schon immer gesehen, sie brauche jemandem nur ins Gesicht zu schauen und wisse alles. Wieder zündet sie sich eine Zigarette an, zieht daran, sagt „Je sais tous" und sieht dem Rauch nach. Eine Zeitlang sagt sie nichts mehr und wir sitzen schweigend da. „So fall doch Schnee die ganze Nacht, bedecke, was mich schlaflos macht", sage ich, ohne zu wissen, woher ich diese Zeilen habe. „Dafür gibts Pillen", knurrt sie. Pause. „Aber das Gute ist", sagt die Gurke strahlend, vielleicht um die Stille zu überbrücken, „hier drin sind wir sicher." „Ha!", stößt die Nervöse aus, und die Gurke macht sich klein. „Das hier ist'n

Piranesi Kerker! Trou du cul!! ... putain ... merde! ... nom de Dieu!" Wie immer nach solch einem Ausbruch steht sie einfach auf und geht mit den Worten „Ach, ihr seid mir zu blöd" weg. Die Gurke sieht mich an und sagt: „Ich finds nicht so schlecht hier." Wir sitzen noch ein bisschen zusammen, atmen den Rauch ein, den die Nervöse hinterlassen hat, und schauen auf die Mulde im Sofa, wo sie gesessen hat.

Plötzlich war ich in Madrid und wusste nicht mehr, wie ich dahingekommen war. Wahrscheinlich mit dem Zug, denn ich hatte ein Messer dabei, das wäre mir am Flughafen abgenommen worden. Ja, ich hatte mich doch für das Messer entschieden! Es lag in meiner großen Handtasche. Ich hatte mich als Frau verkleidet, weil ich dachte, als Frau besser an X heranzukommen. Für die Bodyguards ging sicher von einer Frau weniger Gefahr aus. Ich stakste also auf hohen Absätzen durch die Avenidas, es war toll, größer zu sein, und ich spürte die Muskeln meiner Pobacken und fand mich sexy. Ich war nicht ich selbst und das war ja auch ein Teil des Plans, dann konnte man mich nicht erkennen, nicht auf Fotos identifizieren. In der erbarmungslosen Madrider Hitze schwitzte ich in meinem Business-Kostüm, besonders meine Brust unter dem Wonderbra. Dieses brutale harte weiße Licht. Wie ein Degen, der ins Herz eines Stiers eindringt. Ich weiß noch, dass der Anblick der mächtigen Fassaden im Zentrum,

Kästen mit Sparren oben, mich schwindlig machte, ich dachte an eine Szene in einem alten Film, El pisito, in dem man im Hintergrund solche hässlichen Bauten sieht, da zieht ein Bärtiger einen Korb mit einer Flasche an einem Strick in eine Hochhauswohnung herauf, eine tote Ratte, die er im Korb findet, schmeißt er einfach aus dem Fenster in diese Knochenstadt, Knochen der vielen Toten, aufgebaut auf Cortez dem Killer, später dem Mörder F, Korallenrückstände, die mich schaudern ließen, ich fühlte mich nicht wohl, spürte den Geist Fs, er haftete an den Mauern, das Brausen und Tosen des Verkehrs war wie ein Feuersturm, brennendes Guernica, jedes Hupen wie ein Hieb der Folterer, das Zischen war das der Kugeln, die in den Körper, in den Kopf Garcia Lorcas eindrangen, ich meinte, Schüsse zu hören, Fs Atem zu spüren, den Verwesungsgeruch des Generals … Oder war es das Schweinefleisch der Schinken, die wie dicke Frauenhintern oder die Hintern von Botero-Frauen in jeder Bar von der Decke über die Tresen hingen? Ich ging in eine Bar und sagte, wie ich es einstudiert hatte:„Buenos días. Una cerveza, por favor". Der Barmann sah mich skeptisch an, und ich dachte 'auf' den Kopf gestelltes Ausrufezeichen, normales Ausrufezeichen'. Ich spulte mein Programm ab: „Donde, en que bar bebe X?" Ein Schmierlapp tat wissend und setzte sich neben mich, spendierte mir ein weiteres Bier. Er brabbelte etwas von einem Steakhaus, in dem die Spieler oft aßen, und rückte näher, so dass ich seine kalten Augen aus nächster Nähe sah. Sie erinnerten mich an die schwarzen Stecknadelaugen gebrühter Garnelen, waren aber alles andere als mitleidserregend blind, sondern auf unangenehme Weise leer. Nichts, da war nichts in seinen Augen. Ich fragte nach dem Namen des Steakhauses, er merkte, dass es mir wichtig war und hatte Spaß daran, die Antwort hinauszuzögern, quälte mich mit langweiligen Fragen, bei denen er mich duzte. Ich antwortete mit irgendwelchen Lügen. Er lud mich zu einem Glas ‚Jerez' ein, ein paar Tapas kamen auf den Tresen, darunter vermutlich Stierhoden - dem anzüglichen Grinsen nach zu urteilen, mit dem er seinen Kommentar zu den Speisen begleitete. Ich fragte wieder nach dem Namen des Steakhauses, war gezwungen, seine Einladung anzunehmen, sah seinen widerlichen Stülpmund, über den sein Schnauzer hing, immer näherkommen. „Steak", sagte er, leckte sich über die Lippen, seine Hand, mit schwarzen Haaren auf den Fingern, lag plötzlich auf meinem Schenkel und begann, in Richtung Schritt hinaufzuwandern. Ich bremste ihn mit einem Griff. „Calle Infanta", sagte er, ungeniert mein Fleisch auf seine Festigkeit betastend. Ich roch seinen Atem, der roch wie ein rohes aufgeschnittenes Hähnchen, und quetschte ihm sein Goldkettchen unerbittlich ins Handgelenk. „Asador Donostiarra", keuchte er und dachte dabei wohl über seinen nächsten Schritt nach. Kaum hatte ich den Namen, sprang ich auf, er aber hielt mich fest. Da griff ich in meine Handtasche, riss das Messer heraus, bedrohte ihn damit. Überall begann nun ein rauhkehliges Schreien, alle schrien plötzlich, es war geradezu lächerlich. Ich trat dem Mann in den Unterleib und lief auf die Straße. Der Barmann verfolgte mich. Ich war zu langsam auf den Pumps. Ich zog sie schnell aus und warf ihm einen an den Kopf, ich glaube, ein Absatz traf eins seiner Augen. Keuchend lief ich einen langen Boulevard entlang und kam zu einem Park, in dem ich mich erschöpft auf eine Bank fallen ließ. Meine Strümpfe waren unten zerfetzt, die Füße schmutzig. Das war peinlich, denn ich konnte sie nicht verstecken und ich war zu kraftlos um aufzustehen, so dass meine Füße nicht so auffielen wie im Sitzen. Der Himmel war so blau wie auf einer Postkarte. Ein paar Kinder schaukelten jauchzend. Irgendwann schaffte ich es weiterzugehen, ging, bis ich ein Schuhgeschäft fand. Ich ging auf Zehenspitzen hinein, zog mir hastig ein paar Füßlinge über und kaufte ein paar erschwingliche hochhackige Schuhe.

Reicht Ihnen das fürs Erste, Doktor Cordelier? Ich hab nämlich keine Lust mehr. Kein Bock, weiter von meinen Erlebnissen im Land, wo die Faschisten blühten, zu erzählen. ‚Das Testament des Doktor Cordelier' sagt Ihnen wahrscheinlich nichts, das ist ein Fernsehfilm von dem Regisseur, der in einem anderen Film zeigt, wie ein angeschossener Hase sich windet und stirbt. Das Schreckliche ist, dass man dabei zusieht, wie dieser Hase wirklich stirbt in diesem Spielfilm. Ein Schockerlebnis. Doktor Jeckyll? Oder soll ich Sie lieber Mr Hyde nennen? Haben Sie den Themenwehsel bemerkt? Ich will möglichst viele Wörter aneinanderreihen, damit ich in den nächsten Tagen nicht so viel schreiben muss. Bevor mein PC von der Polizei abgeholt wurde - aber das war erst viel später, als ich Sarahs Wohnung hütete – surfte ich viel auf den körperlosen Wellen des Netzes und schaute viele Male am Tag nach, ob ich Emails bekommen hatte. Aber da gabs nur ‚Ein Treppenlift hilft‘, ‚Ihr Testament‘ oder ‚Secret Escapes‘ – aufgrund der über mich gespeicherten Daten. Ich muss zugeben, dass ich mich immer wieder aufs Neue über eine Nachricht freute, obwohl ich wusste, dass sie von einem Bot erstellt worden war: ‚Rainer, Sie sind beliebt!‘. Meine Freunde, die Bots! Die einzigen Freunde, die ich je hatte.

In einem anderen Krankenhaus, in einer anderen Zeit hing einmal ein Bild in einem der Gänge, das mir sehr gefiel, es war wie ein Blick auf andere Galaxien, leuchtende Scheiben in einer Welt voll abenddämmrigem tiefen Blau mit warmen Grüntönen und dunklen Zeichen, die wie unordentliches Haar aus der Schwärze des Alls in diese Welt hingen, teilweise verborgen unter Schichten helleren Blaus, verworren wie das

Leben. Immer wieder stand ich vor diesem Bild. Ich weiß auch nicht, warum ich mich jetzt daran erinnere, und Sie, Herr Doktor, werden sicher wieder anmerken, ich solle endlich zum Wesentlichen kommen: ‚Zur Sache, Schätzchen!' – „Mit Verlaub -", würde ich antworten. „Sie sind ein Arschloch." - Sie wissen ja, das ist nur ein Zitat. Nein, ich ziehe vor, es Ihnen nicht zu sagen, I prefer not to, ich sage Ihnen nicht, wen ich in jenem Krankenhaus besuchte. Und in meiner Krankenakte werden Sie das nicht finden, Sie Schlaumeier. Aber ich verzettel mich hier. Was ich eigentlich sagen will, ist: Alles und alle hier können mich mal! Und Sie Kalter Hund an erster Stelle! Mit Ihrem überlegenen Dauerlächeln, das Sie aufsetzen, wenn Sie einmal nicht auf den Monitor Ihres PCs schauen, als seien dort die Antworten verborgen, anstatt mir ins Gesicht zu sehen. Sie mit Ihren weißen Clogs und weißen Hosen und den immergleichen Phrasen, ‚Sie sind auf einem guten Weg, müssen aber weiter an sich arbeiten und Geduld haben, Rom wurde auch nicht an einem Tag erbaut, bleiben Sie am Ball (‚an der Pille', meinen Sie). Nur wenn Sie immer strebend sich bemühen, dann könn' wir Sie entlassen. Kooperation oder KO-Operation - Sie haben die Wahl.' Letzteres haben Sie nicht gesagt, das hab ich mir für Sie ausgedacht. Das alles kotzt mich so an. Die scheinheiligen Schwestern, die Mitgefühl heucheln, die groben Pfleger, die nach oben katzbuckeln und nach unten treten, die lieben

Mitpatienten bekloppte Verbrecher … Ich hab es satt! Haben Sie mal Bolaño gelesen? Die ganze Schrecklichkeit des Menschen! Der wusste, wovon er sprach. Sie dagegen haben davon ja gar keine Ahnung, und das, obwohl Sie Nervenarzt sind, es ist geradezu lächerlich. Sie würden in Mexiko doch nicht mal einen Burrito überleben. Überall Tote! Sie haben sicher auch Blut an den Händen, Gehirnschlachter, der Sie sind! Lasset das Lamm Gottes herabkommen, lasset es den Messern der Metzger widerstehen, es nimmt die Sünden auf sich, macht uns rein und der Herr wird kommen und alle, die nicht rein sind, strafen und zu dem machen, was sie sind und waren, zu nichts. Und ein Sturm wird kommen und es ist kein Wind, der zärtlich zaust, es ist ein Orkan, der den meisten den Kopf vom Leib reißt. Auch mir. Und unerklärlich mutierte Wesen werden auftauchen, die wenigen Überlebenden nicht verstehen und sich nicht dafür interessieren, wer sie sind und wer wir waren.

Ich bitte um Entschuldigung. Ich bin in eine biblische Wut geraten. Aber was kann man von jemandem erwarten, der auf der geschlossenen Station einer forensischen Nervenheilanstalt sitzt? Ich weiß, wovon Sie hören möchten, Herr Blütenweiß, aber den Gefallen werde ich Ihnen nicht tun. Ich werde nichts mehr über X schreiben. Oder über mein Leben in Sarahs Wohnung, die ich hütete. Oder über den anderen X. Stattdessen schaue ich auf meinen Oberschenkel, der über meinem linken Knie liegt, auf den Jeansstoff, das Gewebe, die Struktur aus leicht dunkleren und helleren Fäden, ich schaue ins Indigoblau, in das man eintauchen kann wie in eine Nacht über Los Angeles mit den Lichtschnüren der Freeways inklusive des Zikadenzirpens. Dort hatte ich immer hingewollt, in die Stadt Chandlers, doch als ich da war, konnte ich die Atmosphäre aus den Büchern nicht wiederfinden. Und die Engel sprachen auch nicht zu mir. Nicht nur nicht zu mir. Zu niemandem. Sie waren nicht da, nie dagewesen und ich saß in diesem riesigen Netz von Straßen, Gebäuden und Businessbeziehungen, irgendwo unter dem Hollywoodzeichen - genau wie hier auf Station mit meinen Gedanken allein, meiner fettigen Haut, dem immer wiederkehrenden Pickel auf dem linken Nasenflügel, dem Kampf gegen den Mundgeruch, den eingewachsenen Barthaaren, an denen ich zupfe, dem süßlichen Geruch meines schlecht gewaschenen Geschlechts, der mir vom Schritt her in die Nase steigt - ist Ihnen das wiederkehrende Motiv aufgefallen, Doktor? - mit meinen vielen kleinen Hässlichkeiten, z.B. der Warze an der Hüfte, eine würmchenförmige, wie sie der alte Liszt zuhauf im Gesicht hatte. Er hat die Dinger am Ansatz mit Garn fest abgebunden, bis sie abstarben und abfielen, was ich auch so manches Mal versuchen wollte, aber nie getan hab. Doch ich schweife ab.

46

Das kommt, wenn man zu lange im eigenen Saft vor sich hin gärt, überwiegend obergärig, aber auch untergärig. Besuch bekomme ich natürlich nicht. Wer sollte mich auch besuchen? Meine Eltern sind tot, an Verwandtschaft gibt es nur meine Tante, die in einem Altenheim in Tübingen dahindämmert, und Sarah wird den Teufel tun, mich je wiederzusehen. Aber von ihr hier kein Wort. Stop! In the name of love ... , gleich ist der wöchentliche Termin bei Ihnen. Ich sehe Sie schon vor mir, wie Sie meinen Text überfliegen, immer auf der Suche nach Sarah, dem ,Herz der Dunkelheit'. Ich sehe Sie wieder einmal enttäuscht den Kopf schütteln ...

Ist das Ihre neue Taktik, Herr Doktor? Das eigentliche Thema - Sie wissen, was ich meine – nur zu umkreisen, etwa so wie man Paris auf der Périphérique umfährt, Sie bleiben in der Vorstadtsiedlung, bis ich es nicht mehr aushalte und selbst davon anfange. In Ihrem Büro vorhin hab ich gemauert, aber hier, in meinem Schreibheftchen, will ich mal nicht so sein und noch ein bisschen von meiner Madrid-Mission erzählen. Bueno, Señor Bocadillo. Ich ging in dieses Restaurant hinein, dunkle Täfelung, weiße Deckchen auf den Tischchen, Leute mit blutigen Steaks zwischen den Zähnen, viele alte Fotos an den Wänden. Ein Kellner eilte auf mich zu, „todo reservado", „teléfono", er machte die bescheuerte Geste mit Daumen und kleinem Finger, dachte, ich verstünde nichts. Ich frage, ob die

Mannschaft heute käme, er schüttelte nur ungeduldig den Kopf und zeigte mir, dass er erwartete, dass ich nun ginge. Ich blieb aber einfach stehen. Da rief er mit seiner gequetschten Stimme, dieser Eros-Ramazotti-Stimme, unter seinem Schnauzbart hindurch nach dem „Uruguayer" und im selben Augenblick erschien, so als habe er die ganze Zeit hinter einer geheimen Tür in der Täfelung gewartet, ein kräftiger Mann mit starkem Vorbiss, besser gesagt, Pferdezähnen, die selbst sein Walrossschnauzer nicht verbergen konnte. Als ich die beiden Schnauzbärtigen so nebeneinander sah, dachte ich an den Schnauzbarttypen aus der Bar vorher und musste lachen. Das gefiel den beiden erst recht nicht und sie wiesen mir mit grimmigen Mienen die Tür. Sie vermieden es, mich anzufassen, aber kamen mir immer näher, so nah, dass ich Schritt für Schritt zurückweichen musste, damit mir ihre Nietzsche-Wischmobs nicht ins Gesicht fuhren wie die rotierenden Bürsten einer Auto-Waschanlage ... Als ich draußen auf dem Bürgersteig stand, das feindliche Tosen Madrids im Hintergrund, wusste ich, dass mein Plan gescheitert war. Mit Tränen in den Augen ließ ich mich am Straßenrand vor einem Blumenkübel des Restaurants nieder, nahm mein Messer aus der Tasche und stach es tief in die Erde hinein ... An die Zugfahrt zurück erinnere ich mich kaum. Ich war sicher erleichtert, aus diesem Land der faschistischen Morde, Narben, blutigen Steaks und Schnauzbärte rauszukommen, es war, als schauten mir diese riesigen schwarzen Stiere hinterher, die überall im Land als Werbung herumstehen. Irgendwie alles doof wie bei Dalì. Dessen Schnauzbart, in der Variante ‚Zwirbelinchen', war übrigens das Einzige, was am Pinsler unverändert geblieben war, als man vor Kurzem sein Grab wegen eines Vaterschaftstests öffnete. Ansonsten guckte der Meister wohl ziemlich knochig aus der Wäsche. ☺ Ach ja, im Abteil wollte mich, wahrscheinlich weil ich so traurig aussah, ein kleiner Junge trösten, indem er mir sein Heft mit Pokémon-Sammelbildchen zeigte. Seine Mutter schien davon wenig begeistert zu sein, sagte kein Wort zu mir, sah vielleicht, dass ich ein als Frau verkleideter Mann war, und zerrte ihn irgendwann von dem Sitz neben mir hinunter, „ça suffit, Arthur!". Einige Karten sind mir aber in Erinnerung geblieben. Ein gelbes dickliches Psycho-Pokémon mit Rüsselnase und nacktem Oberkörper, das am Meer entlangschlendert. Es erinnerte mich an meinen Opa, der aber eigentlich - vor allem in weißem Hemd und schwarzer Hose - einem Schabrackentapir geähnelt hatte. Tapire leben übrigens in tropischen Wäldern, natürliche Feinde sind Jaguar, Puma und Tiger, Hauptfeind der Mensch. Tapire ... Merken Sie, dass ich auf Zeit spiele, Herr Doktor med.? So wie Atlético Madrid, ein Club, so unfair, dass bei Führung der Hausherren die Balljungen unterm Beifall des heimischen Publikums Bälle verschwinden lassen, so dass der

Gegner aus dem Konzept kommt und - trotz Nachspielens - doch Zeit verliert. Der Ball ist weg, Doktor.

Gib mich die Kirsche! In unserem Fall geht's um einen Medizinball, die größte Pille, die wir hier zu schlucken haben. Es ist Gymnastikstunde. Sie wissen ja sicher in etwa, wie solche Stunden ablaufen, Doc. Ich brauchs Ihnen also nicht zu erzählen. Aber ich erzähls Ihnen trotzdem. Die Nervöse, ich glaub, sie heißt Sorkin, weigert sich mit brüchiger Stimme, auch nur irgendetwas zu machen. Aber die Gymnastiklehrerin rollt ihr doch einen Medizinball zu. Ein paar Sekunden passiert nichts, aber plötzlich hebt die Sorkin den Ball hoch und schleudert ihn schreiend und mit erstaunlicher Kraft auf die Physiotherapeutin. Der Aufprall ist so wuchtig, dass die Physio gegen die Wand hinter ihr knallt und zusammensackt. Nach Luft schnappend liegt sie am Boden und die Gurke kümmert sich um sie. Er fasst sie unter den Schultern und hilft ihr auf, so dass sie besser atmen kann. Die Nervöse starrt zu Boden, vielleicht auf ihre großen knochigen Füße. Wir warten. Als die Lehrerin wieder sprechen kann, erklärt sie die Stunde für beendet. Die Nervöse druckst etwas länger herum, vielleicht will sie sich entschuldigen, aber plötzlich schreit die Therapeutin sie an, sie solle rausgehen, „aber dalli!", und es war seltsam zu sehen, wie die Nervöse raushoppelte, ungelenk und panisch wie einst als Backfisch.

Kennen Sie Totoro, Herr Doktor? Ein Wesen, das ausieht wie ein zwei Meter großer dicker Teddybär mit Schnurrhaaren. Er lebt in einem riesigen Baum, kann fliegen und hilft zwei kleinen Mädchen. Erwachsene können ihn nicht sehen, denn er ist ein Waldgeist. In einer Szene - ich hab ganz vergessen zu erzählen, dass es ein Film, ein Anime ist – warten die drei an einer Haltestelle auf den Bus. Eins der Mädchen leiht ihm einen Regenschirm und ihm gefällt das Geräusch der Regentropfen, die vom Baum über ihm auf den Schirm fallen. Da hat er eine Idee: Er springt etwas hoch, und als er wieder aufkommt, bebt alles um ihn herum so stark, dass Hundertausende von Tropfen gleichzeitig auf seinen Regenschirm fallen. Das findet er so gut, dass er vor Wohlbehagen extra laut schreit. Ein Wahnsinn! Aber nicht so ein Wahnsinn wie hier. Positiver Wahnsinn, verstehen Sie, Herr Doktor? So einen Freund müsste man haben.

Manchmal schaue ich mir die wenigen alten Fotos an, die ich noch habe. Als meine Tante ins Altenheim kam, wurde ihr Keller, in dem auch einige meiner Sachen untergestellt waren, einfach als Sperrmüll auf die Straße gestellt. Alles weg, nur die paar Fotos sind übrig. Eine Schwarz-Weiß-Aufnahme zeigt meine Mutter mit einer Pagenfrisur, sie ist verkleidet und schaut mit ihren dunklen Mandelaugen direkt in die Kamera.

Sie ähnelt Sophia Loren, sieht aber noch besser aus. Wenn ich sie anschaue, werde ich sehr traurig. Auf keinem der Fotos sind meine Eltern zusammen zu sehen. Mein Vater steht an einem Flussufer, reckt das Kinn und blickt grimmig. Von mir hab ich nur ein Geburtstagsfoto mit Guglhupf mit fünf Kerzen drauf. Kurz danach ist der Autounfall passiert, aber das wissen Sie ja alles. Nur die Fotos habe ich Ihnen nie gezeigt. Ein Foto zeigt meine elegante Tante in ihren Dreißigern vor einem Sportwagen. Jetzt schiebt sie ihren Rolator vor sich her. Am liebsten sehe ich mir ein Foto an, das ich selbst mit einer Sofortbildkamera gemacht habe. Es zeigt einen rosa blühenden japanischen Kirschbaum vor dem Abendhimmel. Er stand vor unserem Haus. Wenn ich in das Blütenmeer hineinschaue, fühle ich mich zurückversetzt in ein Zuhause, das ich schon lang verloren habe, ich spüre mich selbst wieder und weiß dann, dass ich wirklich eine Kindheit mit meinen Eltern hatte. Auch wenn sie nur kurz war.

Mitten in der Nacht knoten die Gurke und ich unsere Betttücher zusammen und lassen uns vom Fenster des Schwesternzimmers hinunter. Dieses Fenster ist das einzige auf der Station, das sich ganz öffnen lässt, ich hatte es eines Tages weit geöffnet gesehen, natürlich muss man den Augenblick abpassen, wenn die Nachtschwester auf ihrem Rundgang ist und unser Zimmer schon kontrolliert hat, außerdem muss man eine Schlaufe machen können, die so am Fenstergriff hängt, dass man sie von unten wegziehen oder lösen kann, ich benutze eine Schnur, das hab ich geübt, es ist gar nicht so schwer ... Wir sinken hinunter in die Büsche, ich zuerst, dann gleitet die Gurke in meine Arme. Wir lupfen die zum Strang gedrehten Tücher herunter und verstecken sie im Dickicht, treten auf den Gehweg, entfernen uns vom Klinikgebäude, so als seien wir zwei zufällige Passanten auf ihrem Nachhauseweg. Als wir das Gelände hinter uns gelassen haben, schauen wir noch einmal zurück auf die wenigen erleuchteten Fenster und denken an unsere Mitpatienten. Wir können es kaum glauben, dass wir es geschafft haben. Tief saugen wir die unglaublich frische Luft ein – wie wunderbar nach der langen Zeit in Anstalts-, Heizungs- und Klimaanlagenluft voller Blumenkohl-, Früchtetee und überdeckter Klogerüche. Dampfwolken steigen von unseren Mündern auf und lösen sich im Schwarz auf. Unter alten Bäumen gehen wir die Allee der Millionäre entlang, bis wir an einen leeren Springbrunnen mit rostigen Rohren gelangen, aber wir denken nicht daran, dass man uns diesen ganzen langen Sommer eingesperrt hat, einen Sommer, in dem der Brunnen hier seine Glitzerfontänen in den blauen Himmel schoss, so dass kühler Sprühnebel erfrischend auf lächelnde Gesichter niedersank. Wir denken nicht, dass man uns um diesen Sommer betrogen hat, denn alles ist so frisch. Wir sind frei, wir sind glücklich. Wir betrachten die Stahlträger der Gleisunterführung, wir hören den Hall unserer Schritte, wir sehen den eingeschlafenen Bettler, der dort sitzt, die bunten Plakate über ihm, ein Vogel zwitschert kurz irgendwo, ein Pärchen küsst sich vor einem Schaufenster und wir, zwei Freunde, gehen müde und vertraut aneinanderlehnend zum Bahnhof, dem alten Kuppelbau, der schon soviel gesehen hat. Wir klopfen an die Scheibe des ersten Taxis in der Schlange, der Fahrer wacht auf und nickt uns zu, und ich sage, dass wir zum Flughafen wollen. Die Gurke hat gespart und ihr ganzes Geld dabei. Das Scheinwerferlicht schneidet durch die schwarz gefärbte kalte Nacht, der Fahrer sagt kein Wort, hängt seinen Gedanken nach. Wir nähern uns einer riesigen Lichtschachtel. Drinnen gehen wir zu einem Last Minute Schalter. Kaufen die nächsten freien Plätze, die es gibt, denn wir müssen so schnell wie möglich das Land verlassen. Vielleicht sucht man uns schon. Der Flug geht nach Pisa. Wir durchqueren die abgestandenen Parfümwolken von Duty Free Shops. Warten auf Schalensitzen. Draußen die Lichter der Rollbahn, ein Heulen von Düsen, ein dröhnendes Brausen über uns. Wir haben unsere Zahnbürsten dabei, was soll uns schon passieren. Durch einen Schlauch gehen wir ins Flugzeug. Wir schnallen uns an. Genießen den Druck, der unsere Rücken in die Sitze presst, den steilen Anstieg, das Gefühl, alles unter uns und hinter uns zu lassen. „Jet ins

Jettschwarz", sage ich immer wieder, bis ich merke, dass die Gurke eingeschlafen ist. Das weiche Gesicht, die Bäckchen, die Locken, der offene Mund – er ruht an meiner Schulter wie ein kleiner Bruder. Später der O-Saft, die nette Stewardess, die Erdnüsse, das Meer von oben, die Landung – für uns ist alles neu und toll. Das süße Leben wartet, ein langer Urlaub in Italien, ein Jahr mit blühenden Mandelbäumen und Jasmin, dann dem sirrenden Sommer, Tauchen durch grüne Wellen, Geschmack von Salz, Wassermelone und Pistazieneis auf den Lippen, Sand zwischen den Zehen und Strandbar-Schatten. Ein endlos langer Sommer mit dem Geruch von Sonnencreme und heißem Asphalt, auf den Regen fällt. Der Herbst mit der Weinernte auf den Hängen, wir verdienen uns Geld, die Olivenernte mit dem gemeinsamen Frühstück der Pflücker unter den silbergrünen Bäumen. Die Artischockenernte im Winter, Artischocken, die man gleich auf offenem Feuer in einer Pfanne brät. Ein Jahr in Italien - oder zwei oder drei. Wir schlendern durch die Stadt, es ist Mittag, warm wie im Frühling, wir sehen den schiefen Turm wie einen steifen Schwanz emporragen, als uns plötzlich junge Männer auf knatternden Mopeds umkreisen, Witze über uns reißen, dreckig lachen, immer enger um uns herumfahren, bis sie uns mit ihren Ellenbogen und Griffen streifen, wir brechen aus, aber sie holen uns ein, zwei packen die Gurke am Arm, greifen ihr ins Haar, und während jemand in meine Hacken fährt, sehe ich, wie Mehdi - plötzlich laut schreiend, so dass alle erstarren - einen der Männer von seinem Gerät stößt, sich daraufsetzt und davonrast, alle verfolgen ihn, aber er scheint das schnellste Motorrad erwischt zu haben und alle verschwinden in einer Art Staubwolke am Ende der langen Straße. Ich bleibe allein zurück und laufe in Richtung des Bahnhofs zurück.

Ihr Haar roch nach grünem Apfelshampoo. Nur ein Traum. Die Gurke wird nachhause entlassen! Ich habe das gerade von ihr erfahren, sie lächelte mich an und ich hätte heulen können. Schnell gehe ich auf unser Zimmer, vergrabe mein Gesicht im Kissen und weine lange. Es wird langsam dunkel im Zimmer. Die blaue Stunde! Ich schleppe mich ins Bad und wasche mir gerade das Gesicht mit kaltem Wasser ab, als die Gurke mit der Drag Queen hereinkommt. Sie haben irgendwelche Aufheller genommen und sind in Partystimmung. Sie spielen Cha-Cha-Cha Musik vom Handy. Die Gurke ist nicht wiederzuerkennen. Wann hat sie sich so aufgebrezelt? Sie ist ganz aufgedreht und merkt gar nicht, wie traurig ich bin. Als sie mich auffordert, mit ihr zu tanzen, lehne ich ab. Raquel, die eigentlich Monika heißt, bietet mir daraufhin eine Pille an, die ich nehme. Ich meine, eine Pille mehr oder weniger für Pillenprofis wie uns, - sagen Sie selbst, Doktorchen, das macht doch keinen großen Unterschied. Doch bald darauf tanze ich mit und presse mich gerade an Monikas künstlichen Busen, als die Nervöse hereinplatzt. „Habt ihr Zeug?", fragt sie und bekommt auch eine Pille. Erst raucht sie noch eine am gekippten Fenster und pustet den Rauch gekonnt durch den Spalt, dann beginnt sie, die Gurke herumzuwirbeln. Wir tanzen alle glücklich zu einem Samba, ich glaube, er ist aus dem Pink Panther Film, schwitzend gehe ich danach ins Bad, sehe mich lächelnd im Spiegel und muss an einen Film denken, in dem eine Frau auf einer rauschenden Party erst lachend vor dem Spiegel steht, ein paar Stunden später weinend. Sicher würde es mir auch so gehen. Ich gehe wieder zu den anderen zurück. Sie haben die Musik lauter gemacht. Die Nervöse macht Headbanging, ihre Haare fliegen nur so durch den Raum, jetzt peitscht sie damit Monika, die sich zu ihr umdreht und lacht. Die ersten Takte von ‚Moonriver' erklingen und ich kann nicht anders: Ich lege meine Arme um die Gurke, wir tanzen einen langsamen Blues und er legt seinen Wuschelkopf auf meine Schulter. Das ist schön und auch gut, weil er so meine Tränen nicht sehen kann. Wie toll es ist, jemanden so nahe zu spüren. Wann habe ich jemals einen anderen so im Arm gehalten? Die letzten Töne des Songs. Es fällt mir so schwer, die Gurke loszulassen, aber ich muss wieder ins Bad, damit er mein verheultes Gesicht nicht sieht. Während ich jetzt tatsächlich so wie die Frau vor dem Spiegel weine, höre ich plötzlich eine mir bekannte Stimme schreien. Das sind Sie, Doktor, der die anderen zusammenstaucht. Die Musik wird ausgeschaltet. Ich komme aus dem Bad und stelle mich dazu. Wir sind alle verschwitzt und außer Atem. Ob wir Drogen genommen hätten, fragen Sie, und wir schütteln den Kopf. Die Entlassungspapiere seien fertig, teilen Sie der Gurke mit und gehen hinaus. Die Party ist vorbei. Mehdi und Monika packen Kleidung und Kram in eine Sporttasche. Eine Umarmung zum Abschied. Ich habe das unwiderstehliche Verlangen, mich an ihn anzulehnen, mich festzuhalten und nicht mehr loszulassen. Aber die Knie werden mir weich, ich sacke aufs Bett und bleibe allein zurück.

I sage „no, no, no!" - ohne die Gurke halte ich es hier drin nicht aus, ich drehe hier noch wirklich durch, und Szenen aus der Zeit mit Sarah tauchen sowieso dauernd in meinem Kopf auf, also erzähle ich doch ein bisschen, aber nur Positives aus der Zeit, als wir zusammen in der Schule waren, ihr großer Mund, die Lücke zwischen ihren Schneidezähnen, wie bei Jane Birkin, einer etwas abgesplittert, was ihr einen Hauch Verwegenheit verlieh, der leichte dunkle Flaum über ihrer Oberlippe. Auch mit Sarah hatte ich einen langsamen Blues getanzt, bei einer Geburtstagsfeier, damals konnte ich gerade über ihre Schulter sehen, dann lief ‚Je t'aime' und wir hörten auf zu tanzen. Es war der einzige Tanz. Da war ich schon in sie verliebt, ohne mir selbst darüber klar zu sein. Kurz darauf lud sie mich zu ihrem Geburtstag ein, mit anderen natürlich, aber für mich war es eine Art von Zeichen, dass sie mich mochte. Ich schenkte ihr ein Jugendbuch – ab 14! - über die Liebe eines Mädchens zu einem indischen Austauschschüler. Ich erinnere mich noch, wie wir in ihrem hellen, weiß möblierten Zimmer herumsaßen. Dann trat sie dem Ruderclub der Schule bei, in dem ältere, selbstbewusste Jungs den Ton angaben, Jungs, die viel interessanter waren als ich. Ich war unsicher, verträumt und kindlich. Immer wenn ich sie sah, freute ich mich. Wenn ich ihre Stimme hörte, freute ich mich, freute mich, wenn ich ihr leichtes Lispeln hörte. Ich suchte ihre Nähe, achtete aber darauf, ihr nicht auf die Nerven zu gehen, ihr nicht überallhin zu folgen, nicht dauernd zu ihr hinzustarren. Eines Abends im Abschlussjahr rief sie mich überraschend an und fragte, ob ich mit ihr und zwei anderen Mitschülern nachts zu einem See in der Nähe fahren wolle, um zu schwimmen. Ich fuhr mit dem Fahrrad zu ihr. Dort quetschten wir uns zu viert in ihren Cinquecento, ihre beste Freundin mit vorne, ein gemeinsamer Freund und ich hinten, und fuhren zum See, der unter einer Felswand in den Hügeln lag. Es war finster und unheimlich, der See galt als gefährlich, weil er starke kalte Strömungen hatte, einige Schwimmer waren im Laufe der Jahre dort ertrunken. Ich war der einzige mit Badehose, trug sie unter meiner Jeans, die anderen zogen sich einfach nackt aus, aber man sah die Körper nur schemenhaft, etwas Helleres im Dunkel, ich sah Sarahs nackten Rücken, alle waren schon im Wasser, als ich noch im kalten Schlamm stand und dann langsam in den kalten See hineinwatete. Wir schwammen nur kurz im Uferbereich herum, spritzten uns nass, das Wasser roch etwas modrig. Draußen rubbelten wir uns trocken, gingen durch den Wald zum Parkplatz und fuhren zurück. Am nächsten Tag hatte ich Halsschmerzen und ging nicht zur Schule. Wir machten das Abitur und dann kam der Sommer, in dem ich fast vor Langeweile durchdrehte. Alle fuhren weg, teilweise gemeinsam, jobbten, verdienten Geld, um wieder wegzufahren, nur ich nicht. Ich gondelte mit dem Fahrrad durch die ausgestorbenen Vorortsiedlungen, stellte mich unter, wenn, wie so oft in jenem Sommer, ein Schauer niederging, und schaute auf die Pfützen, in denen durch das Aufprallen der Regentropfen große Blasen entstanden. An ihrem Geburtstag rief ich Sarah an und sie klang freudig überrascht. Als ich sie fragte, ob sie noch manchmal den Popsong hörte, den sie so gut gefunden hatte, mit dem Typen, der nach Mexiko in die Freiheit reitet oder so, konnte sie sich nicht daran erinnern. Sie lud mich nicht ein. Einmal sah ich sie mit einem großen Typen aus dem Haus kommen. Die beiden zwängten sich in ihren Fiat und fuhren davon. Ich hatte mich hinter der Wand eines Bushaltestellenhäuschens versteckt.

Ihr Gesichtsausdruck, als sie mich sah, als sie mich überraschte, ihre aufgerissenen Augen, der Schrecken. Sie war schockiert, sie war enttäuscht von mir, ihre Mundwinkel zeigten es, zeigten nach unten, sie sah so gut aus, mit Kurzhaarschnitt wie Audrey Hepburn, verändert, braun gebrannt, kam aus Afrika zurück, Ärzte Ohne Grenzen, Médecins Sans Frontières, und ich hatte mich gehen lassen, sie hatte mich überrascht, in ihrer Wohnung, die ich hüten sollte, überrascht, es war mir peinlich, es quält mich immer noch, sie stotterte, ihre Stimme zitterte, so hatte ich sie noch nie gehört, als sie sagte: ‚Was machst du da?‘ Ihre Worte verfolgen mich, ich höre sie immer wieder, ein Ohrwurm der anderen Art, nicht etwa ‚Everybody is Kung Fu Fighting‘ oder ‚Don't cry for me, Argentina‘, so etwas leicht Nervendes, nein, wenn diese Szene von jemandem, der mir Übles will (vielleicht von Gott, wenn es einen Gott gibt, nein, Gott kann es nicht geben, so wie die Welt ist), wenn also diese Szene immer wieder in meinen Kopf gepustet wird, von wem auch immer, von mir selbst, von meiner bösen Seite, meinem böswilligen Doppelgänger, versinke ich vor Scham, sehe ich, dass mein ganzes Leben eine einzige Scheiße ist, dass ich besser tot wäre, besser noch: nie gewesen wäre. Vorher hatten wir gelegentlich telefoniert, sie rief aus irgendeinem Hotel an, bevor es in den Dschungel ging, ich wollte gar nicht wissen, welche Epidemie sie gerade bekämpfte – wenn sie anrief, klang sie erschöpft, die Gespräche waren kurz, „Alles okay?" – „Alles okay", das war's, das schaffte ich noch. Aber ich fürchtete diese Anrufe, denn ich hatte Angst, meine krankhafte Abhängigkeit von ihr zu verraten, meine Abgründe, aber ich brauchte diese Anrufe auch, denn Sarahs Stimme zeigte mir, dass es sie wirklich gab. Es gab dich da draußen und du sprachst mit mir. Ich hatte mir das alles nicht nur ausgedacht, dass ich deine Wohnung hütete, es zeigte, dass du dachtest, dass auf mich Verlass war. Kurze Telefongespräche, und im letzten hattest du nichts davon gesagt, schon einen Tag später in deiner Wohnung übernachten zu wollen. Hättest du das gesagt, hättest du nur irgendeine Andeutung gemacht, dass du gleich nach dem Telefonat in ein Flugzeug steigen und zu mir fliegen würdest, ich wäre doch elektrisiert herumgesprungen, hätte versucht, alles herzurichten, den Schein zu wahren, ich hätte mich doch nicht in dein Bett gelegt und … Wahrscheinlich wissen Sie das alles ja sowieso schon, Herr Psychiater, Sie haben ja Ihre Akten und Informanten. Aber ich werde Ihnen nicht den Gefallen tun, hier weiter von meiner Schande zu erzählen, Sie herzloser König, dem Scheherazade, in diesem Fall ich, ihre Geschichten erzählen muss … Und kaum hätte ich die letzte erzählt, ließen Sie mir die Kehle durchschneiden. Aber weil Sie mich in der Hand haben, mich erniedrigen mit Ihrer Forderung nach Erzählung, nach Enthüllung, dürfen Sie mich am Arsch lecken. Auf pikante

Details können Sie lange warten. Stattdessen, denn ich muss ja Wort an Wort reihen, versuche ich, Ihnen mal zu erklären, wie beschämend diese Wiederbegegnung mit Sarah nach mehr als einem Jahr wirklich für mich war. Schon immer waren mir bestimmte Situationen unerträglich peinlich. Zum Beispiel konnte ich mir niemals peinliche Szenen in Fernsehfilmen anschauen. Ich glaub, ich hab das schon mal erwähnt. Schon als ich noch ein Teenager war, ging das so weit, dass ich mir beim Anschauen von Filmen oft die Ohren zuhalten und die Augen schließen musste oder ich rannte sogar aus dem Zimmer raus. Hätte ich die Szene zwischen Sarah und mir auf einem Bildschirm mitansehen müssen, wäre ich auf jeden Fall hinausgelaufen. Und Sie, Experimentator wie in ‚Clockwork Orange', zwingen mich dort hinzuschauen, fixieren meine Augenlider, so dass ich sie nicht schließen kann, jagen Signale hinein wie Galvani Strom in zuckende Froschschenkel, festgeklemmt auf dem Seziertisch. „Nein, da mach ich nicht mit", wie Karlsson vom Dach sagen würde. Ist Ihnen denn nicht aufgefallen, dass Sie einem Trend der Verrohung hinterherrennen, nämlich sich an der Qual anderer zu weiden. Das sehen Sie überall, man hält die Kamera drauf, das Mikrophon hin oder starrt wie Sie mit Ihren hellblauen Augen auf ihr Versuchskaninchen und wartet unerbittlich.

Sie haben mir mit Verlegung in die forensische Psychiatrie gedroht, ‚Maßregelvollzug' gerufen, einige Male, „da kommen Sie lange nicht mehr raus", haben Sie gesagt und sich zufrieden zurückgelehnt. Natürlich weiß ich, dass es dort schlimmer zugeht, dass ich in solch einer Einrichtung mit Menschen zusammenleben müsste, die schreckliche Dinge getan haben, natürlich will ich das nicht. Aber ich hoffe, Sie verstehen, dass ich mich der Finsternis nur langsam und vorsichtig nähern kann. Sie wollen doch nicht, dass ich hier in der Klapse durchdrehe, oder? Haha! Das würde Ihre Behandlungsmethoden in Frage stellen, Sie vor Ihren Kollegen ins Scheinwerferlicht zerren. Ich fange also mit einigen äußeren Umständen an. Damit sind Sie sicher einverstanden. Finanziell von meiner Tante unterstützt, wohnte ich in einer WG mit zwei Studenten zusammen, die ich nicht mochte. Beide Juristen, der eine ein Spießer, der andere ein Schwätzer. Vor beiden ekelte ich mich körperlich. Es war entsetzlich, wenn ich nach einem von ihnen ins Bad musste. Wie oft lauschte ich an meiner Tür, um zu verfolgen, wann sie die Wohnung verließen. Wenn ich meinte, sie seien gegangen, trat ich leise auf den Flur, ging am brummenden Kühlschrank vorbei, den ich nicht benutzte, und lauschte an den Türen ihrer Zimmer, um sicher zu sein, dass sie wirklich fort waren. Bis zur Badbenutzung wartete ich, so lange es ging. Ich gewöhnte mir an, erst aufzustehen, wenn sie zur Uni gegangen waren. Ich ging nicht zu Veranstaltungen, ich nahm an nichts teil. Um ihre Rückkehr und die geschäftige Abendbrotzeit zu vermeiden, begab ich mich auf lange Abendspaziergänge, die mich bis tief in die Nacht durch die Stadt führten. Nicht dass ich dabei viel sah, denn in meinem Kopf arbeitete ich unentwegt an meinen Racheplänen. Wenn ich zurückkehrte, schliefen die WG-ler. Klopfte mal einer an meine Tür, öffnete ich nicht und verhielt mich ganz still. So vergingen ein paar Jahre mit wechselnden Studenten, die im Grunde jeder auf seine Art, aber in gleichem Maße abstoßend waren, so dass ich sie gar nicht mehr unterschied. Seit dem Beginn des Studiums hatte ich mich bemüht, den Kontakt zu Sarah nicht zu verlieren. Natürlich wusste ich, dass sie sich nicht wirklich für mich interessierte. Mehrfach hatte ich sie mit ihrem Freund gesehen, einem sehr männlich wirkenden Beau. Arglos wie sie war, hatte sie mir bei meinem Geburtstagsanruf erzählt, wo sie demnächst wohnen würde, und so war ich – natürlich für sie unsichtbar – vom Tag ihres Umzugs an immer wieder in ihrer Nähe. Meine Nachtgänge führten mich jedesmal in die Straße, in der sie eine Zweizimmerwohnung im dritten Stock bewohnte. Meist postierte ich mich in der Nähe eines der Alleebäume, es waren Linden, die im Sommer wunderbar dufteten, und schaute zu den drei Fenstern hinauf. Solange das Licht eingeschaltet war, stellte ich mir vor, wie sie und ihr Freund etwas kochten. Sie ließ ihn etwas kosten, legte ihre Arme um ihn, sie küssten sich gelegentlich. Erloschen die Lichter, wurde ich unruhig, denn nun zog Sarah sicher ihren eng anliegenden roten Mohair-Pullover, unter dem sie nackt war, leicht schwitzend, duftend, nach oben über ihren Kopf, und das Mondlicht fiel auf ihre Brüste, deren Brustwarzen in der plötzlichen Kühle starr nach oben ragten, ihrem Freund entgegen. Ihre Zungen winden sich umeinander … nein, ich wollte mir das alles nicht weiter vorstellen und lief die Straßen auf und ab, aus der Ferne immer wieder zur Wohnung hinaufschauend. Später ging noch einmal das Licht im Badezimmer an. Jetzt wusch sie sich wahrscheinlich. Manchmal sah ich sie noch kurz, wenn sie ans Fenster trat, als Schattenriss auf dem Milchglas des Badezimmerfensters oder als dunklen Körper, der das Fenster weiter öffnete, Hand, Arm, Busen, Schulter, Achselhöhle …

Zum Frühstück zwei Scheiben Graubrot, eins mit Butter und Marmelade, eins mit einem Quadrat bleichen, kalten, nach Kühlhaus schmeckenden Käses belegt, dazu eine Plastiktasse Hagebuttentee und eine Abilify, rechteckig und blau mit Prägung ‚A-007‘, - die für James Bond! Zu Risiken und Nebenwirkungen fragen Sie Ihren Arzt oder Apotheker. Gewichtszunahme ist garantiert. Trotz des miesen Fraßes hier, der dafür sorgt, dass man wenig isst. Schaufeln Sie sich den etwa auch rein, Doktorchen? Warum gibt es eigentlich keine

Wunschliste für uns Patienten? Wenigstens einmal pro Monat müsste einer von uns sein Lieblingsfresschen bekommen. Das ist doch nicht zu viel verlangt. Jeder darf drei Vorschläge aufschreiben, zu Teures und Kompliziertes fliegt raus, Kaviar, Trüffel, Dorade im Salzmantel, Molekularküche, so was zum Beispiel. Ich wünsche mir, Nummer eins, Spaghetti Vongole, mit Knoblauch-Weißwein-Sud und glatter Petersilie, Nummer zwei, russischen Borschtsch, rötlich, dampfend, mit einem Klacks Schmand, und Nummer drei, dickrandige napolitanische Pizza mit Sardellen, Kapern und Oliven, direkt aus dem Holzofen. Das muss doch möglich sein! Und dann essen wir alle, Patientinnen und Patienten, Pflegerinnen und Pfleger, Ärztinnen und Ärzte an einem langen Tisch.

Snow is Falling in Manhattan. Wo ist der Freund, dem ich einen Schlafplatz anbieten könnte? In Sarahs Wohnung hätte ich das gekonnt. Aber Mehdi ist fort und damals hatte ich keinen Freund. Unglaublich, dass ich ein paar Jahre, nachdem ich meine Nachtwachen unten auf der Straße gehalten hatte, dort in Sarahs Wohnung wohnte. Sie vertraute mir und ich habe sie enttäuscht, schockiert und sie dazu gebracht, sich vor mir zu ekeln. Das ist nicht wiedergutzumachen, nie wieder. Es tut mir leid. Ich war so glücklich, als sie mir anbot, ihre Wohnung zu hüten. Immer hatte ich den Kontakt zu ihr gehalten, obwohl sie so oft im Ausland war. Trotz meiner

Telefonphobie rief ich sie zwei- oder dreimal im Jahr an, in Augenblicken, wenn ich mich besonders stark fühlte, so dass ich meine eigene Verlegenheit und Angespanntheit fünf Minuten lang ertragen konnte. Einige Male bereitete ich mich auf ein solches Gespräch vor, indem ich Themen und besondere Gedanken in Stichpunkten notierte. Als ich mit dem Blatt in der Hand anrief, war ich noch verkrampfter als sonst, fing an, eine zurechtgelegte Geschichte runterzuhaspeln, merkte, dass alles einstudiert wirkte, stammelte, wirkte unsicher, gekünstelt, gestört … Warum erzähle ich ihr diese Geschichte?, ging es mir immer wieder durch den Kopf. Verzweifelt brach ich ab, spürte, dass sie sich über mein Verstummen wunderte, schaffte es nicht mal, sie einfach etwas zu fragen. Aber sie rettete mich. Erkundige sich nach etwas ganz Alltäglichem, so dass ich ein paar Worte sagen konnte. Sie schien sogar interessiert an meiner Antwort. Oder war sie nur eine gute Schauspielerin? Die Zweifel schickten mich wieder in eine Schleife, auf ein endloses Möbiusband, so dass ich erneut stockte. Aber wieder erlöste sie mich mit einer kleinen Geschichte, von einer Fahrt auf dem Kongo, wenn ich mich recht erinnere. Als ich schließlich ein flattriges ‚Tschüss' gesagt hatte, liebte ich sie noch mehr als zuvor. Sie mochte mich, sie sah über meine Schwächen hinweg, sie half mir. Nach jenem Gespräch schrieb ich nie wieder etwas auf, bevor ich sie anrief. I let her magic work. Do you hear me, Mister

Shrink? Snow is Falling in Manhattan. Aber hier nicht. Und in Manhattan gerade auch nicht.

Hin und wieder hab ich sie zufällig in der Stadt getroffen. Dann lief es besser, - vielleicht weil ihr Anblick mich so beschwingte, ihr plötzliches Erscheinen wie von einem Harfenklang begleitet war, die Luft um sie herum zu glitzern schien, der warme Klang ihrer Stimme in mir weiterschwang. Ihr ganzes Wesen strahlte Wärme aus wie ein Ofen voller knisterndem, leuchtendem Holz in einer Hütte in einer verschneiten Landschaft ... so kommen mir jetzt diese Begegnungen vor. Alles flimmerte, als schwebten winzige Schneekristalle herab und es war ganz leicht, miteinander zu sprechen, ich konnte sie anlächeln, das Gesicht komisch oder skeptisch verziehen, sie sah es, ich konnte mich bewegen und meine Worte bei Bedarf durch Gesten unterstützen, sie sah es. Natürlich durchschaute sie mich, wusste, dass ich in sie verliebt war. Vielleicht hätte sie das warnen sollen, vielleicht hätte sie mir aus dem Weg gehen sollen, aber sie mochte mich eben. Viel Zeit hatte sie allerdings sowieso nicht für mich, sie studierte sehr schnell, es fiel ihr leicht, im Gegensatz zu mir. Bald schon hatte sie ihr Studium abgeschlossen und ging nach Afrika. Eines Nachts rief sie von dort an, sagte, dass ihr Freund Schluss gemacht hatte, weinte, konnte nicht weitersprechen, und ich wusste nicht, was ich sagen sollte. Im

Hintergrund hörte ich die Zikaden schreien. Irgendwann bedankte sie sich bei mir fürs Zuhören und legte auf. Danach rief sie nicht öfter an als vorher, die Arbeit lenkte sie wohl ab. Einige Monate später war sie wieder da und ich nahm meine Nachtwachen wieder auf. Sie war viel allein. Manchmal in all diesen Nächten, wenn ich zu ihren erleuchteten Fenstern hinaufschaute, fragte ich mich, ob ich nicht einfach bei ihr klingeln sollte. Aber ich hatte Angst davor, nicht willkommen zu sein. Kurz nachdem sie zurückgekehrt war, hatte ich sie einmal zufällig getroffen. Sie war verändert, traurig, härter. Das Glitzern und die Wärme waren kaum noch zu spüren, ein angriffslustiges Funkeln in den Augen, gedoppelt von der dauernd aufglimmenden Zigarette, war hinzugekommen. Ein Teetrinken mit ihr in ihrer Wohnung wäre anstrengend für uns beide geworden, vielleicht quälend, das wusste ich, denn wir waren uns ja doch im Grunde fremd. Was hätte ich ihr geben können? - Sie war mir unendlich voraus. In dieser Zeit stürzte sie sich in ein paar Affären, kam manchmal sehr spät, beschwipst und in Begleitung nachhause. Ich litt und erfuhr erst im Geburtstagstelefonat, dass sie schon bald wieder für zwei Jahre nach Afrika gehen würde. In diesem Gespräch schlug sie mir vor, ihre Wohnung zu hüten. Ich konnte es kaum glauben und willigte natürlich sofort ein. Ihr nahe zu sein! An ihrem Leben teilzuhaben! Was konnte es Besseres geben? Die WG stresste und bedrückte mich, außerdem brauchte ich mich nur in meinem Loch umzusehen: schmutziges Geschirr überall, fettfleckige Pizzakartons, der überquellende Abfalleimer, Plastiktüten voller Müll an Türgriffen hängend, in Ecken vor sich hinfaulend, Schimmel, herumliegende Klamotten, das ganze Elend. Und dann mmein ‚Profiler'-Wahnsinn mit den Hunderten von Zetteln, Fotos, Zeitungsausschnitten und Notizen, die ich mit Reißzwecken an die Wände gehängt hatte, teilweise mit verschiedenfarbigen Wollfäden verbunden, so dass es wie das Netz einer riesigen Spinne unter LSD aussah, if you know what I mean. Papierberge, voller genialisch durchschauter Zusammenhänge, aufgedeckter Netzwerke des Bösen, des Missbrauchs, der sexuellen Gewalt von satanischen Männern, die nur fühlten, dass sie lebten, wenn sie verwundeten, vergewaltigten, töteten. Die traurige Stimme von Billie Holiday, zerbrechlich und gleichzeitig durch nichts mehr zu erschüttern, begleitete mich durch diese düstere, diese hässliche Welt des männlichen Hasses, ich hörte ihre Songs Tag und Nacht, sie untermalten die Schicksale vergewaltigter Frauen - Artimisia Gentileschi, Virginia Woolf, Marilyn Monroe - eine lange Reihe. Ich schlief kaum noch, wühlte mich hinein in Verbrechen, stand Ungeheuern in Menschengestalt gegenüber und schmiedete Rachepläne. Ich war der auserwählte Engel der Gerechtigkeit, dessen Flügelschlag die schändlichen Taten der Monstren aufdecken und sie niederstrecken würde. Ein Fußballer war mir dieses Mal aber nicht genug. Ich suchte jemanden aus der Welt der Kultur, jemanden, der mir wichtig gewesen war, bis ich seine wahre Fratze gesehen hatte. Das Feuer brannte in mir, während ich durch lange dunkle Gänge stolperte, an deren Wänden Portraits hingen, Portraits berühmter, Kunst schaffender Männer, die sich schuldig gemacht hatten. Schriftsteller, Musiker, Maler, Regisseure, Schauspieler. Die Toten ließ ich hinter mir, den Romane schreibenden Grafen, der seine Leibeigenen entjungferte, den Dichter, der ein inzestuöses Verhältnis zu seiner Schwester begann, den Minderjährige in der ganzen Welt missbrauchenden Ethno-Schriftsteller und so weiter und wandte mich den Lebenden zu.

Nein, ich will nicht mehr, Doktor! Das strengt mich zu sehr an. Es zieht mich runter. Außerdem bin ich traurig. Mir fehlt die Gurke – so wie in einem russischen Alkoholiker-Witz, den ich kenne. Da steht die Gurke für die Zakuska, den Zubiss nach hundert Gramm Wodka. Der Alkoholiker beißt aber gar nicht in die Gurke rein, er riecht nur dran. Dem Süchtigen ist die Gurke wurscht, er interessiert sich nur für den Alkohol. Das erinnert mich daran, dass ich irgendwann mal eine kleine Plastikgewürzgurke zuhause hatte, aus einem Kinderspielzeugladen. Vor vielen Jahren hab ich sie mal einem Russen, der mich besuchte, als Zakuska angeboten. Er musste drüber lachen. Jeder Alkoholiker in Russland sollte so ein Gürkchen in der Tasche haben, meinte er. Ich weiß gar nicht, was aus ihm geworden ist, aus Fedja, einem Freund, wenn ich je einen hatte, ich hab ihn einfach aus den Augen verloren. Ich vermisse die Gurke so. Ja, ich weiß, dass die Gurke ein Sinnbild für den Phallus ist, Doktorchen. Aber ich dachte, Mehdi meldet sich mal bei mir. Ich habe von seinem Besuch geträumt und bin glücklich aufgewacht. Nur um einen Augenblick später noch unglücklicher zu sein, im Krankenzimmer, im grauen Morgenlicht. Nein, ich will nicht mehr.

Grausame griechische Mythologie! In meinen Wachträumen flogen die Geister der vielen vergewaltigten Frauen an der Decke entlang, sie weinten, sie schrien: Io, Persephone, Leda, Europa, Cassandra, Hera, Philomela, Hilaeria, Phoibe, aber auch andere Opfer, die Trojanerinnen, die Sabinerinnen … Ich hörte ihre Schreie, wenn ich schlaflos auf dem Sofa lag und Pläne spann.

Ich versuchte fieberhaft, ein ‚locked room mystery' zu konstruieren. Ein berühmter Filmregisseur, - nein, ich nenne den Namen nicht -, ein Filmregisseur, der einst eine Minderjährige zum Sex verführt hatte und von einer anderen

Frau der Vergewaltigung beschuldigt wird, liegt tot in seinem Haus. Das Haus ist mit modernster Technik gegen Eindringlinge gesichert. Die Polizisten finden alle Eingänge verschlossen vor, die Überwachungskameras zeigen niemanden, und niemand außer dem Toten wird im Haus gefunden. Noch am selben Tag rückt ein vielköpfiges Spurensicherungsteam an. Raten Sie mal, Herr Doktor, was ich mir damals ausgedacht hatte? Wie war der Täter, wie war ich, ins Haus hinein- und wieder hinausgekommen, nachdem ich dem Vergewaltiger ein Messer ins Herz gestoßen hatte? Ja, da kommen Sie an Ihre Grenzen. Nein, ich werde Ihnen das nicht verraten. Nur wenn Sie mir schriftlich versichern, dass Sie nicht mehr von mir verlangen, meine Geschichte, insbesondere das Geschehen, das mich hierhergebracht hat, aufzuschreiben. Hören Sie auf, mich unter Druck zu setzen! Sonst könnten Sie in einem verschlossenen Raum aufgefunden werden, dem von innen abgeschlossenen Stationszimmer zum Beispiel. Nein, das soll keine Drohung sein. Das war nur ein Scherz. Wer wird denn so schlechte Nerven haben? Nehmen Sie selbst auch Medikamente? Dann gönnen Sie sich eine Extraportion. (Streichen!)

Myxödem, 34, – na, klingelt es bei Ihnen? Nein? Dabei müssen Sie das erste Wort eigentlich nicht unbedingt kennen, Sie sind zwar Arzt, aber eben nur ein Pillendreher, Pillermann, kein Hypochonder wie ich. Anschwellen der Weichteile, z.B. infolge von Morbus Basedow oder Hashimoto. Xylophon, 31, elektrisch verstärkt, Milt Jackson, haben Sie natürlich noch nie gehört ... Oxymoron, 29, kein oxidierter moron, blau angelaufener Trottel, schwarze Milch der Frühe wir trinken sie abends ... - Immer noch keinen blassen Schimmer, wovon ich rede? Scrabble! Sie haben die Buchstaben SHITHSI. Legen Sie sie an ein ‚P' an, so dass sich ein Wort ergibt. Na? Sie können wohl selbst nicht so gut mit Druck umgehen, Herr Doktor? Die Zeit läuft. Ich gebe Ihnen einen Tipp: Stellen Sie sich vor, sie seien Lungenarzt in Davos, sagen wir im Waldsanatorium, es ist Frühling 1912 und eine gewisse Frau Katia Mann tritt mit Lungenspitzkatarrh, der als Zeichen einer beginnenden Tuberkulose galt, fälschlich übrigens, eine sechsmonatige Liegekur an. Sechs Stunden jeden Tag, eingehüllt in Decken, auf dem Balkon liegen und auf die verschneiten Berge schauen. Haben Sie's immer noch nicht, das Wort? Ihr Griechisch ist wohl etwas eingerostet. Man sollte doch meinen, allein durch Kombination der Buchstaben müssten Sie draufkommen. Eine Blockade, eine Art writer's block? Das tut mir leid. Was können wir denn da machen? Würde es Ihnen helfen, wenn ich Ihnen einen weiteren Tipp gäbe? Eine Göttin der ägyptischen Mythologie kommt im Wort vor, die Beschützerin aller Wesen, die sich sorgen und leiden. Macht es immer noch nicht ‚click' im Kopf, als hätten

Sie gerad Glück beim Russischen Roulette gehabt? Bob Dylan hat einen Song über diese Göttin geschrieben. Totenstille im Oberstübchen? Keine Synapse feuert? Das kann doch nicht wahr sein! Das ist mir zu doof, das verrat ich jetzt nicht. Etwas anderes: Ich zähle bis fünf. Eins, zwei, drei, vier, fünf. Zu schnell? Ei-Heinz, Zwei-Hai, Drei-High, Vier-Skier, Fünf-Rümpf! Nichts? Nein, für solche Verstocktheit habe ich kein Verständnis und werde Ihnen das Codewort nicht verraten, Sie benebelter Vernebler, blendender Verdunkler, stumpfer Sezierer, salbadernder Quacksalber ... Ach, denken Sie sich doch selbst was aus!

Bin ich Ihnen zu aggressiv?

Alles Reiniger Oxygen Jean Michel Jarre entfernt mühelos redneckigen Schmutz und Fett greaseball fatberg unter London 150 Tausend Kilo 350 Meter sorgt für radioaktiven Glanz auf der Glans ohne verräterische Spuren für die Gspusi Schnell-Trocken-Formel aller Oberflächen Formica Ice Cream Soda Kratz-Schutz gegen Itchy self healing bessert Kratzer aus verleiht der Umgebung Duft Jasmin Indol Rose Skatol Kaka verdünnt Nietzsche spielte in einer Irrenanstalt wie der hier mit seiner.

Bin ich Ihnen zu verrückt?

Oder tu ich nur so?

Ich kann nicht mehr schlafen. Warum haben Sie mir ein solch unheimliches Wesen ins Zimmer gesetzt? Eine Art Schlange zu mir friedlichem Frosch? Er spricht nicht und ich weiß nicht, ob er mich überhaupt wahrnimmt und gelegentlich anschaut, denn seine fettigen graublonden Haare hängen ihm tief ins runde faltige Gesicht. Ich habe Angst vor seinem Blick. Dieser alte Mann ist ein böser Geist aus einem tiefen Brunnen, vielleicht ist er das um 60 Jahre gealterte Mädchen aus diesem Horrorfilm, dessen Blick tötet. Ich habe einmal seine spitzen Zähne gesehen, wie angefeilt, ein Menschenfresser, ich konnte ihren Biss geradezu fühlen, Nadeln, die sich ins Fleisch senken, wie die Maschine in der Strafkolonie … Ich kann nicht mehr schlafen. Er dreht, wenn er in seinem Rollstuhl am Fenster sitzt, die Heizung bis zum Anschlag auf und ich weiß, warum. Er will durch die Wärme Energie gewinnen, die Muskeln unter seiner schuppigen kalten Haut sollen aus ihrer Starre erwachen, so dass er sich bewegen kann, um mich plötzlich anzugreifen, ich weiß es, also stelle ich, immer wenn er aus dem Zimmer geführt oder geschoben wird, die Heizung ab. Dann erstarrt er bald völlig und schafft es nicht einmal mehr, sich im Bett aufzurichten, hinauszusteigen, den einen Schritt zum Heizkörper zu gehen und den Reglerknauf zu drehen. Aber er ist schlau, greift mit letzter Kraft ganz langsam - ich sehe es aus dem Augenwinkel - zum Klingelschalter und klingelt der Schwester. Die erscheint irgendwann, schaut ihn ratlos an, denn er sagt ja nichts, fröstelt dann aber, dreht die Heizung auf und geht wieder. Ich traue mich nicht, wieder an seinem Bett vorbei zum Fenster zu gehen. Ich weiß, dass er, wenn er mich dort hantieren sähe, sofort wieder klingeln würde. Aber ich muss so schnell wie möglich handeln, denn die Zeit läuft gegen mich, es wird wärmer und wärmer im Zimmer und das Reptil taut auf. Also tue ich so, als verlasse ich das Zimmer. Noch ist sein Nacken zu steif, er kann den Kopf nicht drehen und mir mit dem Blick folgen. Ich weiß genau, wo die toten Winkel sind, gehe in die Hocke und schließe die Tür von innen. Dann warte ich ein paar Minuten. Er kann mich nicht sehen. Auf allen Vieren krabble ich lautlos, langsam und möglichst nahe an den Boden gedrückt in Richtung Heizkörper. Das ist schwierig und dauert einige Minuten. Der schwierigste Teil kommt aber, wenn ich an der Seite seines Bettes kauere. Denn um am Heizungsknauf zu drehen, muss ich meinen Arm in das Gesichtsfeld des Menschenfressers heben. Noch ist es nicht warm genug in unserem Terrarium, das Sie, Herr Doktor, vielleicht per Kamera observieren, die Winkelzüge der Laborwesen in ihrer Versuchsanordnung genießend, (Streichen!) noch kann er nicht zuschnappen, aber er würde wieder klingeln. Scheinbar habe ich Glück, er rührt sich nicht, keine Bewegung, er drückt die Klingel nicht. Nun beschließe ich, unter seinem Bett zur Wand, zur Steckdose der Notklingel hindurchzukriechen. Das hätte ich natürlich zuerst machen sollen. Diese Fehler in den Abläufen, immer diese Fehler! Eine scheußliche Vorstellung, dass er dort oben über mir liegt. Als ich den Stecker der Notklingel endlich erreiche, beginnt ein langsames Herausziehen, an dessen Ende trotz aller Behutsamkeit ein leichtes Ausklinkgeräusch entsteht, auf das der Menschenfresser, der sicher die ganze Zeit nur auf der Lauer gelegen hat, sofort mit dem Drücken des Klingelknopfes reagiert. Ich höre das Klicken genau, weiß aber zugleich, dass das Signal jetzt nicht mehr weitergegeben wird, dass niemand ihn hört, dass das Lämpchen über dem Eingang zu unserem Zimmer nicht leuchtet, dass niemand kommt. Dass ich das weiß und er nicht, bereitet mir Freude. Jetzt aber bewegt er sich ein wenig, wahrscheinlich dreht er mühsam seinen grauenvollen Kopf und sieht, dass die Heizung ausgeschaltet ist, denn nun drückt er ein paarmal hintereinander den Knopf und schnauft dabei vor Anstrengung und vielleicht Panik. Wieder freut mich, dass er nicht weiß, wie sinnlos seine Aktion ist. Nun krieche ich lautlos wieder in Richtung Tür zurück, öffne sie, krabble hinaus, stehe draußen auf und trete ein. Ich setze mich auf mein Bett, ohne ihm die Möglichkeit zu geben, mich anzuschauen. Ich weiß, dass er auf die Nachtschwester wartet. Es wird kälter. Er kämpft gegen die

Starre an, ich höre, wie sein Finger den Knopf drückt, doch es wird seltener. Ihm den Rücken zukehrend, lächle ich, jubiliere innerlich. Vielleicht kann ich heute schlafen. Aber dann höre ich ein tiefes Brummen, das erst so tönt, als rufe jemand aus einem Brunnen, dann verstärkt sich der Schall, wird lauter, die rollbaren Nachtschränkchen beginnen zu vibrieren, scheppern, ein Glas und eine Flasche vor mir auf dem ausgeklappten Nachtschranktablett klirren, das Brummen wird lauter und lauter, unerträglich und dann zum Schreien. Ich springe auf, laufe zur Tür und stoße dort mit der Nachtschwester zusammen. Wohin ich wolle, fährt sie mich an, „Sie sollten längst schlafen. Was ist hier los?" Ich zucke mit den Schultern, während sie zu dem immer noch Schreienden geht, dessen offener Mund mit den spitzigen Zähnen an das Maul einer Muräne erinnert. Ich schaue weg. Das Schreien endet abrupt, ich höre das Maul zuklappen. „Was haben Sie ihm getan?", fragt die Schwester. Ich zucke mit den Schultern. „Warum ist es hier drin so kalt? Warum haben Sie die Heizung ausgestellt?" Sie dreht die Heizung wieder auf, sieht sich weiter um und entdeckt den herausgezogenen Stecker. „Was fällt Ihnen ein?", schreit sie mich an, während sie ihn wieder hineinsteckt. „Ich mache sofort Meldung. Das wird Konsequenzen haben. Und jetzt Ruhe!" Sie werde jede halbe Stunde nach dem Rechten sehen, sagt sie noch und geht. Nun halte ich es aber nicht mehr im

Zimmer aus, schleiche mich auf den Gang und vorsichtig in den Aufenthaltsraum. Dort setze ich mich in einen der ausgeleierten Sessel, schaue auf die schnell fallenden großen Schneeflocken hinaus und nicke ein. Die schimpfende Nachtschwester treibt mich in dieser Nacht zweimal ins Zimmer zurück, dann gibt sie auf. Am nächsten Tag, aber das wissen Sie ja, Herr Doktor, bin ich auf ein anderes Zimmer verlegt worden. Dort hängt ein junger Kiffer in seinem ewigen Trainingsanzug rum, dessen Psychose abgeklungen ist. Der stört nicht, hört den ganzen Tag nur Deutschrap unter seinen dicken Kopfhörern.

Yes, Sir, yes! Das war ja ein Anschiss wie in ‚Full Metal Jacket', - ich beiß gleich einem lebenden Hühnchen den Hals durch. I love the smell of Napalm in the morning, I measured out my life in Looney Tunes. Ponjal. Raumstation Solaris hat verstanden, Pilot Pirx hat verstanden. Aye-aye, Captain Underpants! - Obwohl ich gar nicht zugehört habe, weiß ich, dass mein Aufenthalt hier in der Villa Sonnenstich am seidenen Halstuch, am aus dem Kokon gekochter Raupen gesponnenen Faden hängt, der mich jederzeit am Hals ins Labyrinth eines Piranesi Kerkers ziehen kann. Ich müsse endlich liefern, schrieen Sie, etwas Relevantes, sonst ab ins Körbchen. Ich redete von meiner Angst vor dem weißen Blatt Papier, bat um Therapie hier im Hause und Sie scheuchten mich, mit Papieren, „mein Gutachten, Ihre Fahrkarte ins Gefängnis", wedelnd aus dem Zimmer wie eine lästige Stubenfliege, eine etwas großgeratene, flugunfähige Stubenfliege. Relevantes? Oder Cervantes? Der hatte ja im Gefängnis gesessen und den Quijote geschrieben. Aber er wurde nicht zum Schreiben gezwungen wie ich hier in der Klapse. Also was bleibt mir übrig? Begin the beguine: Sad Eyed Lady of the Lowlands. Als ich das erste Mal deine Wohnung betrat, war es, als fiele ich in eine Trance. Es war aufregend, warm und wunderbar. Du umarmtest mich zur Begrüßung. Drei Zimmer mit hohen Decken, ein bisschen Stuck, die Wände spongebob-gelb und in Schwammtechnik gestrichen, ein gemütliches Sofa. Der Geruch nach Bergamotte, du hast mich mit Tee bewirtet, Earl Grey - Enola Gay -, und Orangenkeksen. Während du den Tee in der Küche aufgegossen hast, trat ich an deinen Schreibtisch und sah ein altes Familienbild, auf dem du als Bohnenstange mit Zahnspange lächelnd zwischen deinen Eltern stehst. Dein Vater erinnerte mich an den Vater von Bud und Sandy in Flipper, und, als du aus der Küche zurückkamst, fandest du mich unbewusst das Flipper-Lied summend. Du hattest mich beim Spionieren ertappt, aber es schien so, als mache es dir nichts aus. Das Foto mit dir und deinem Vater war das einzige Familienbild von dir, das ich an diesem Tag sah. Die Absender der Briefe, die auf dem Tisch lagen, die Motive einiger

Postkarten, das Gekritzel deiner Notizen – das alles hatte ich in der kurzen Zeit nicht entziffern oder erkennen können. Fast überall hingen Bilder, in der Küche Fotos aus italienischen Filmen, auf einem steckten drei junge Männer Spaghetti in einen Topf, in der Diele, über einem Paar von Stiefeln, von denen mir ein leichter Geruch nach Leder und Fußschweiß in die Nase stieg, hing ein großes Poster, das eine Neoninstallation zeigte. In einer blauen Spiraldrehung leuchtete in weißem Licht der Satz: The artist helps the world in revealing mystic truths. Das begeisterte mich. An den Wohnzimmerwänden hingen ganz viele Bilder, eine Frau in einem Berliner Nachtclub mit Bubikopf und Tolle, übernächtigtem Gesicht, Zigarette in der Hand, hinter sich eine Champagnerflasche im Kübel, ein Foto daneben von einem Model mit Gipsbein, Krücke und Halskrause in einem düsteren Pensionszimmer, dann ein kleines goldgerahmtes Bild vom büßenden Hieronymus mit seinem abgearbeiteten Körper, hinter sich ein lichter Wald, darüber ein wunderbar azurblauer Himmel. Ein Foto von einer Fliege an einem Fenster, ein twistendes verliebtes afrikanisches Paar nachts in einem Hinterhof mit abgestellten Bierflaschen im Hintergrund … Woher hattest du all diese Bilder? All diese Schätze würde ich mir nun zwei Jahre lang in Ruhe anschauen dürfen. Unglaublich. Warum gerade ich? Du vertraust mir, sagtest du. Auf Toilette hing ein Poster mit einem braungebrannten

Mann, der von einer Welle umspült wurde, seine gewölbten Brustmuskeln ähnelten den Brüsten einer liegenden Frau, er hatte den Arm in den Nacken gelegt, so dass man seine Achselhöhle sah. Ein Dreieck aus schäumendem Wasser bedeckte seinen Schritt … Underwater Love … Kennen Sie den Song? Und während ich das Plakat anschaute, stellte ich mir vor, wie Sarah diesen Mann ansah, während sie auf der Toilette saß …

I wanna be sedated, sage ich. You are, sagen Sie. I need more, sage ich. Sir, geben Sie Tablettenfreiheit. Stellen Sie einen Kinderkaugummiautomaten in den Flur, geben Sie ein paar Jetons aus und jeder kann sich was ziehen, wenn er's nötig hat. Langweile ich Sie? Ich weiß, dass Sie mit solchen Gedanken im Plauderton unzufrieden sind, aber gerade jetzt fällt es mir zu schwer, von S. zu sprechen. Also müssen Sie sich für den Moment mit einer Liste meiner Idol-Enttäuschungen begnügen. Ich fang mit den kleinen Fischen an, den Gedopten, dem Fahrradfahrer zum Beispiel, dem alle Tour-de-France-Titel aberkannt wurden, so dass es im Rückblick viele Jahrgänge ohne Sieger gibt. Das Mitfiebern, die ganze Emoción – sinnlos. Wir sind Betrogene. Viel schlimmer aber steht es mit der Erinnerung an den Entwickler einer berühmten Handpuppenshow, die ich mochte, den Autor eines Buchs über seine freie Schule, das ich als 13jähriger liebte, und den

Popstar (ich glaube, ich wiederhole mich hier). Ich war auf perverse Serientäter hereingefallen und fühlte mich schlecht. So gibt es eine lange Liste von Zerstörern von Teilen meiner Vergangenheit und Gegenwart.

Aber die Rachepläne, die ich entwickelte, haben sich als Gift für mich selbst entpuppt. Nicht nur dass sie mich ins Irrenhaus gebracht haben, aber sie haben die Täter und ihre Verbrechen zu sehr in mein Leben geholt, ich kam ihnen zu nahe. Doch meine Taten und Nichttaten – all das steht ja sicher in Ihrem Bericht. Wozu also noch einmal schildern, wie eine schwer bewaffnete Einsatztruppe klingelte und S.' Wohnung stürmte? Wie sie mich zu Boden warfen, mir die Arme auf dem Rücken verdrehten, mir ihre Knie in die Nieren rammten, um mich festzunageln, mich abtasteten, schrien, alles durchwühlten, mich schließlich hochrissen und abführten. Im Blaulichtgeflacker und an den herausgelaufenen Nachbarn vorbei. Mir den Kopf herunterdrückten, mich in den Transporter und auf eine Bank stießen. Wozu der ganze Aufwand? Ich wäre ja freiwillig mitgekommen. Ich hatte mich doch nur gerächt. War das so schlimm? Die hatten ja alle keine Ahnung, wie harmlos ich war, dachte ich, während wir ins Präsidium fuhren, und musste lächeln. Das kam nicht gut an. Ob mir das hier Spaß mache, fuhr mich mein Gegenüber an und trat mir mit seinem Stiefel hart gegen das Schienbein.

„Immer noch?" Gelächter. Während ich mich nach vorn krümmte, hörte ich jemanden sagen, dass man mit mir noch viel Spaß haben werde. Aber wirklich, Herr Doktor, wozu soll ich von all dem erzählen? Von den Verhören, in denen ich alles zugab. Von der zunehmenden Ratlosigkeit, was man mit mir machen solle. Wohin mit dem Spinner? Gefängnis oder Anstalt? Sie wissen ja, wie es gelaufen ist, Herr Doktor.

„Ewig", Mezzosopran, Mandolinengeklimper im Hintergrund, das Meer bei Neapel ... „... ewig" (verhallend) ... - und dazu Ihr Gesicht, Meister Schmuhmuckel, Hey, big spender, Tablettenspender in Menschengestalt! Wieder mal wieder unzufrieden? Die Mundwinkel hängen runter, Lefzen wie ein Bassett. Ein Bassett, der Erzählung von mir fordert, Enthüllung mit Details, reflektierende Passagen ... Um mich zu entkernen oder entschärfen? Gut, ich lass mich mal breitschlagen (bevor ich in irgendeinem Knast zu Brei geschlagen werde). Natürlich hab ich der Polizei nicht alles erzählt. Nichts von dem neuen Plan, zum Beispiel, denn ich war ja nicht mal nach Paris gefahren, um die Zielperson auszukundschaften. Etwas war dazwischengekommen. Aber es ist sehr persönlich, I'd prefer not to ... es geht so in Richtung Melville, als junger Mann auf einem Schiff, einem Walfänger, die Enge, die Körper, das Geschlecht, die Verrohung, der einzig Sympathische an Bord ist Queequeg, der Menschenfresser, der seinen Sarg mitschleppt, in dem Ismael überlebt ... Ich wär eigentlich gern ein Mensch im Futteral gewesen oder ein Vampir im Sarg, denke ich manchmal.

Ich kanns nur verrätseln. Cape Cod, Codieren: Bristols, Khyber, - kennen Sie den Rhyming Slang? Vielleicht verstehen Sie's ja: Erwin, Radetzky, Jackie, Brause, Nordsee – Das alles ekelt mich, aber so wie Engerlinge sich in die Erde graben, verpuppen, jahrelang dort bleiben, bis das geschlechtsreife Tier eines Tages ausschlüpft und sich ausgräbt ... so etwa saß ich in Sarahs Wohnung.

Auch hier ist es so, wenn die Nervöse zu mir tritt und in einer ihrer Stimmungen ist, sie hat sich die Wimpern geschminkt, ihre Lippen rot angemalt, der Lippenstift riecht nach Vanille, sie kommt mir näher als sonst, sieht mir in die Augen, sie legt ihre sehnige Hand auf meine Hüfte ... Das stößt mich ab, und wenn dann ihre Hand zur Wölbung meines Pos hinabwandert, schlage ich sie weg. Gekränkt zieht sie ab. Wahrscheinlich hatte sie sich vorgestellt, mich in eine Abstellkammer zu ziehen, dort ihre Hose herunterzulassen, mir ihr Geschlecht zu zeigen, an meinem Hosenstall zu nesteln, meinen Schwanz herauszuholen, mich zu küssen, - ich hatte den Eindruck gehabt, sie habe die Zähne geputzt, ihr minzener Atem, die

Zähne weniger gelb als sonst ... sie wollte mich zu Boden zu ziehen ... wie Frieda, in einer Bierlache, Frau Bürstner ...

Verlorene Illusionen, wir Verlorenen, der Verlorene, der sich am Ende vor den Zug wirft ... Wir sind Getriebene, den Trieb kann man nicht einfach abstellen. Wer weiß das besser als Sie? So hat der alte ‚Zitteraal' – extrapyramidale Störungen, aber wem sag ich das? – oft in der Gegenwart von jungen Krankenschwestern absichtlich seine Tablettenschachtel, seinen Löffel oder ein Taschentuch so zu Boden fallen lassen, dass diese dann unter Stuhl, Tisch oder Bett gekrochen sind. Dabei war er darauf scharf, über ihrer heruntergerutschten Hose den Ansatz ihrer Pobacken und ihre Poritze zu sehen. Ich glaube, einige der jungen Pflegerinnen wussten genau, was er wollte, und spielten mit, weil er ihnen leidtat. Einen Trick von ihm wende ich auch manchmal an, wenn mich eine unbestimmte Sehnsucht ergreift: Wenn Schwester Katia Nachtdienst hat, rufe ich sie an mein Bett und klage über irgendetwas Hartes unterm Kopfkissen. Vorher lege ich etwas darunter, ein Buch zum Beispiel. Schwester Katia beugt sich dann über mich und erlaubt dabei Blicke auf ihren vollen Busen, wunderbar schneeweiße Hügel, deren Gipfel unter ihrem halbdurchsichtigen cremefarbenen BH zu erahnen sind, es ist, als überrolle mich eine warme, wie Vanillepudding duftende Lawine und ich stelle mir vor, den Kopf in das schattig schwüle Tal dazwischen zu betten und endlich zur Ruhe zu kommen, ganz ohne Gedanken zu sein. Der schlaue ‚Zitteraal' verlängerte manchmal den Aufenthalt in Schwester Katias wunderbarer Welt, indem er gar nichts unter sein Kopfkissen legte und sie suchen ließ. Aber wie Sie wissen, hat es kein gutes Ende mit ihm genommen, denn er ließ sich hinreißen und küsste die Brüste. „Sabbel weg!", soll Schwester Katia nur mit ihrer tiefen Stimme geknurrt haben. So erzählte es der verzweifelte Aal und wir sahen ihn schlimmer zittern als jemals zuvor. Denn seitdem war Schluss mit dem Kissenzurechtrücken. Und nicht nur das. Alle hatten sich auf einmal abgesprochen und auch das Auf-dem-Boden-Herumkrabbeln gab es nicht mehr. Der Zitteraal baute danach ganz schnell ab, zitterte nur noch, sagte nichts mehr und wurde ja auf Ihre Anordnung, Herr Doktor, letzte Woche in die Altenabteilung verlegt. Lebt er eigentlich noch? Übrigens gefielen mir auch die dunkel behaarten braunen Handgelenke des Pflegers Mahmoud, der ja leider nicht mehr da ist. Auch sein Dreitagebart hatte es mir irgendwie angetan. Einmal gelang es mir, ihm wie aus Versehen mit meinem Handrücken über die kratzige Wange zu fahren und ich sah seinen zackigen Adamsapfel rucken, weil er schluckte. Die Nervöse, die auf muskulöse Männer steht, lässt sich gern einfach auf den Boden fallen und dann von einem starken Mann aufheben. Achten Sie mal drauf. Dabei, sagt sie, kann sie mit ihren Achseln die

Bizepsmuskeln des Mannes, mit ihrem Kopf seinen Hals, ihrem Nacken seine Brustmuskeln, ihrem Rücken seinen Sixpack und in ihrem Lendenbereich sein Geschlecht fühlen. Das alles ist lächerlich und traurig und ekelt mich irgendwie an.

Nehmen Sie es mir nicht übel, Euer Ehren, dass mein Bericht so zerhackt ist. Ist es nicht verständlich, dass ich mich nicht an alles erinnern will? Im Rückblick ist mein Verhalten ja manchmal für mich selbst verstörend. So entstehen Lücken. Und außerdem muss ich Passagen streichen, die einfach zu peinlich sind oder andere herabsetzen …

Ich möchte Stolperfallen aufstellen, Stolperfäden ziehen wie eine Spinne, so dass sich gewisse Personen die Knochen brechen, nein, das Genick. Reißfeste Angelleinen, so angebracht vor ihren Wohnungstüren, ihren Häusern, den Freitreppen vor ihren Villen, an schmiedeeisernen Geländern auf der einen Seite oder gedrechselten Holzsäulen und metallenen Kot-Abstreifern, Wasserhähnen, Briefkastenpfählen, dass sich ihre in die abgezogene Haut toter Rinder gehüllten Füße darin verfangen, zuckend wie sich aufbäumende Lachse, die an einem schmerzenden Haken im Gaumen von einem lächelnden Angler in die Luft gezogen werden, während ihre Hände nach etwas suchen, was ihnen

Halt gibt, nichts finden und so den Körper mit fuchtelnden Armen kopfüber in die Tiefe stürzen lassen, auf die Gehwegplatte, auf die marmorne Kante der Treppenstufe, die ihnen beim Aufprall das Genick bricht wie der Gummiknüppel des Anglers dem Fisch. Dann möchte ich sie einspinnen mit den klebrigen Fäden der Erinnerung und dort als Warnung und Mahnmal zurücklassen.

Meine Tante übrigens ist wie eine Figur aus einem dieser alten englischen Romane, in denen die verwaiste Hauptperson eine schwere Jugend hat. Das Waisenkind wächst bei einer ganz entfernt verwandten, unfreundlichen Familie auf und wird aus der Ferne von ebendieser Tante finanziell unterstützt. Eines Tages stirbt die Tante und hinterlässt der Waise ein Vermögen ... Aber wird meine Tante in ihrem Seniorenheim sich in ihrem Testament an mich, den Sohn ihrer wenig geliebten Schwester, erinnern? Schon seit Jahren leidet sie an Alzheimer und könnte gar kein Testament mehr aufsetzen. Und was nützte mir das bisschen Geld, was sie vielleicht noch hat? So schnell komme ich hier nicht heraus. Höchstens ins Gefängnis, woran Sie mich ja immer wieder erinnern. Sie erpressen mich, fordern ein vollständiges Geständnis, den langen Blick in den Abgrund. Warum versuchen Sie denn nicht, mich aufzubauen, zum Beispiel mit Erinnerungen an schöne Augenblicke in meinem Leben, den unerklärlich, ohne meinen Willen, immer wiederkehrenden wunderbaren Erinnerungsmomenten, wie dem Duft der Zitrone, der mich in einen Hain ans Meer zurückversetzt, dem Klettern in der Trauerweide vor unserem Haus, versteckt, in meiner eigenen Welt im hellen Grün der Blätter an den langen biegsamen Zweigen … Oder der Duft des noch warmen, nassen Asphalts nach einem Sommerregen, das Gefühl an den nackten Fußsohlen beim kurzen Aufsetzen zwischen den Sprüngen eines Laufs auf diesem Asphalt, die aufleuchtenden Glühwürmchen, durchs Holunderdunkel gondelnd, der Vater rauchend am Steuer eines Citroën DS oder mit Taucherflossen Delphin schwimmend, die Mutter zur Musik aus dem Transistorradio tanzend, dann Wassermelone verteilend. Aber das alles interessiert Sie nicht, Sie wollen das Schmerzhafte, Sie verlangen, dass ich hinabsteige zu den schwarzen Fluten und das darin Versenkte heraufbefördere, die Strumpfhosen, Schlüpfer, Geschwulste, meine Nase beim Doktorspielen am Po des Nachbarmädchens, das Sich-Abwenden eines Freundes, der Tod meines Vaters, der Tod meiner Mutter, meine Selbstverachtung … Sie fressen sich wie ein Holzwurm blind und gierig durchs Dunkel, folgen Ihrem Fresswerkzeug, winden sich hinter ihren sichelnden Schneiden her, schädigen das Holz, produzieren nur Holzmehl, wandeln sich schließlich in den Nagekäfer um und hinterlassen ein durchlöchertes Subjekt.

Die Nervöse hat mir ein Buch gegeben, „zur Beruhigung", wie sie sagte. ‚Bunte Steine' von Adalbert Stifter. Ich habe angefangen die erste Erzählung zu lesen, aber bald wurde mir klar, dass sie alles andere als beruhigend war. Im Gegenteil, es geht um einen Mann, der einfach so einem Kind die Füße mit Wagenschmiere einpinselt, woraufhin das Kind einen Zusammenbruch erleidet. Der Großvater rettet den kleinen Jungen, erzählt aber von Krankheit und Tod. Am Ende steht nur der Abschied. Ich war völlig durcheinander und verfluchte die Nervöse, die ganz wie der böse Mann in der Geschichte, sicher gerade irgendwo auf der Station, wahrscheinlich im Raucherzimmer, teuflisch lachte. Warum hatte sie das getan? Rächte Sie sich für irgendetwas an mir? Ein „großer achteckiger Stein von der Gestalt eines sehr in die Länge gezogenen Würfels" – Was konnte damit anderes gemeint sein als ein Sarg? Ein Sarg für mich. Ich versuchte, ein Zusammentreffen mit ihr zu vermeiden, aber sie kommt zu mir und erzählt mir die düstere Lebensgeschichte des Autors, bis ich endlich die Kraft aufbringe, sie zu fragen, warum sie das tue. Ob sie nicht wisse, wie sehr mich so etwas aus dem Gleichgewicht bringe. „Gleichgewicht – drauf geschissen!", ruft sie. Das sei es doch gerade. Ob ich denn nicht begriffe, dass es darauf ankomme, das Gleichgewicht zu verlieren, nur dann könne man Erkenntnis gewinnen. Ich sei mir nicht sicher, antworte ich, ob sie da nicht von sich auf andere schließe. „Ach was!", schnaubt sie, wirft ihren Kopf herum und lässt mich stehen. Immerhin weiß ich nun, dass sie es nicht wirklich böse gemeint hat. Aber seitdem meide ich sie.

Wie schön ist es, sich jemandem ganz nahe zu fühlen, wie schön könnte es sein, wenn der andere genauso fühlte, wie befreiend … Love is all you need … Morgens neben jemandem aufzuwachen, ohne so schnell wie möglich wegzuwollen. Kein Aus-dem-Zimmer-Schleichen, kein schlechtes Gewissen, weil man allein sein will. Stattdessen schmiegt man sich an den Schlafenden an, spürt die Wärme des anderen Körpers und taucht selbst noch einmal in den Schlaf. So stell ich es mir vor. Erlebt hab ich es noch nie.

Stattdessen saß ich damals vor etwa drei Jahren in meinem Zimmer, hörte auf voller Lautstärke immer wieder ‚Venus as a boy' – sexy, seltsam, tanzbar – und arbeitete manisch an meinen Racheplänen. Wenn der Nachbar von unten seinen Besenstiel gegen die Decke stieß, baute ich das Geräusch einfach als zum Song gehörend ein und dachte mir nichts weiter dabei, bis er schreiend an die Tür trommelte. Dann erst drehte ich die Musik leiser. Ich arbeitete immer bis spät in die Nacht, im Sommer nur in einem schmuddeligen T-Shirt. Von der Unterhose, die ich selten wechselte, stieg mir der süßliche

Geruch nach Urin und Geschlecht in die Nase. Das gefiel mir aber gerade. Ich sage das, um mal etwas Peinliches zu sagen, damit Sie sehen, Doktor, dass ich mich bemühe. ‚Summertime - when the living is easy …' hieß es in einem anderen Song, den ich viel hörte. Aus meiner Sicht stimmte das, wenn Sie verstehen, was ich meine. Ich fühlte mich gut, weil ich an etwas Wichtigem arbeitete und stellte mir gar keine Fragen außerhalb meiner Mission. Von außen gesehen bot sich natürlich das Bild eines Maniacs … Aber ein Außen gab es für mich nicht mehr. Zufrieden, Meister? Oder wirkt das Ganze angelesen?

Es war ein irrer Glücksfall, dass ich in Sarahs Wohnung umziehen konnte. Nicht nur dass mir mein Zimmer in der Mietskaserne gekündigt worden war. Plötzlich war ich am Ziel meiner Wünsche. Ich war im Paradies, im Garten Eden. Nicht im Hotel ‚Eden', in dem Rosa Luxemburg von Soldaten verhört und geschlagen wurde, bevor sie sie ermordeten und ihre Leiche in den Landwehrkanal warfen … Aber davon haben Sie wahrscheinlich keine Ahnung, Herr Doktor. Als ich mit meinen Habseligkeiten anrückte, vor allem mit einem Rucksack voller Notizzettel für meine Rache - sonst hatte ich fast nichts, den kleinen CD-Player und ein bisschen Wäsche - , konnte ich es erst gar nicht fassen. Ich war meiner großen Liebe ganz nahe, ich gehörte zu ihrem Leben, ich lebte nun in ihrem Reich. Ich hatte mir vorgenommen, ein guter Hüter zu sein, wie ein Wächter im Museum, der die Gegenstände um sich herum ehrt. Ich wollte wischen, staubsaugen, lüften, aufräumen, abwaschen. Nichts sollte einfach herumliegen oder herumstehen. Ich setzte mich in einen bequemen Sessel und träumte mich in Sarahs Welt hinein, versuchte, diese Wohnung zu sehen, wie Sarah sie sah. Ich duschte und stellte mir vor, wie sie hier duschte, ich wusch meine Haare mit ihrem Shampoo und duftete nach Kokosnuss, ich wusch meinen Körper mit ihrem Duschgel, das nach Frangipani-Blüten roch, ich föhnte mich mit ihrem metallic-grünen Föhn und salbte mich mit ihren Cremes. Später kochte ich mir einen Roibusch-Tee und schlürfte ihn. Es war wunderbar.

I send an SOS to the world ... Dr. McCoy, jetzt ist mir alles egal! Sie haben sicher in Ihrer unnachahmlich beschränkten Art gedacht, die Postkarte von der Gurke, an mich hierher in die geschlossene Abteilung gesandt, würde mich freuen. Als ich sie in die Hand gedrückt bekam, war das ber nur für einen kurzen Augenblick so, dann zog es mich runter. Das nichtssagende Motiv, ein fotografierter Blumenstrauß, toter als tot, dazwischen noch eine weiße Lilie, die Beerdigungsblume, ich meinte sofort, ihren muffigen Totenduft zu riechen, das Ganze vor eierschalenweißem Hintergrund - das konnte ich ihm noch verzeihen. Die Gurke war eben einfach ungeschickt. Die Briefmarke, 80 Cent, kleinformatig, Standard, nicht liebevoll ausgewählt also, die Kapuzinerkresse drauf, einerseits für mich wieder eine Anspielung auf den Tod hier drin, hier in der Klinik (,Die Kapuzinergruft') und dann gleichzeitig so sexuell aufgeladen mit dem Blütenkolben, dem leuchtenden Ständer, aufragend inmitten von weit offenen roten Blütenblättern. Wollte er mich verspotten? Aber vielleicht war alles nur Zufall. Die krakelige Druckbuchstabenschrift, unsicher wie die eines Kindes, rührte mich so, dass ich ihm all seine Gedankenlosigkeit, seinen Mangel an Einfühlungsvermögen verzieh. Auch die Sätze hätte ein 8jähriger schreiben können: ,Mir geht es gut. Ich hoffe, dir geht es auch gut.' Aber es war freundlich. Der nächste Satz, der auch schon der letzte Satz war, - er hätte schon etwas mehr schreiben können, hatte ich gleich gedacht -, dieser Satz machte mich fertig. „Wenn sie dich entlassen", – also nie, schoss es mir durch den Kopf, denn ich wanderte ja höchstens ins Gefängnis, nur die Gurke konnte so ungeschickt sein, dachte ich und las weiter – „komm uns besuchen." Da war der Stilett-Stich, das tödliche ,uns'! ,Mehdi', so hatte er unterschrieben, nicht ,Gurke' oder ,Dein Mehdi', lebte also mit jemandem zusammen. Es zog mir das Herz zusammen. Ist mir egal, was Sie denken, Doktor. Es war zu ungerecht. Er war frei und hatte noch dazu jemanden an seiner Seite. Wir waren doch eine Einheit gewesen. Neid und Eifersucht überwältigten mich. Ich zerriss die Karte. Die Schnipsel hab ich aber nicht in den Papierkorb im Zimmer geschmissen, sondern in den großen Mülleimer auf dem Gang, denn sie sollten weg sein, weit weg von mir. Die Gurke konnte mich mal. Sie war für mich gestorben. Deshalb, Pille, ist mir jetzt alles egal und ich spuck die ganze Scheiße einfach aus, auf die sie so scharf sind. Sehnsucht. Einstürzende Neubauten.

Der Anfang in Sarahs Wohnung war ja vielversprechend gewesen, obwohl mir natürlich in ihrem Badezimmer Bilder ihres nackten Körpers in den Kopf gekommen waren. Während ich meinen Schwanz mit ihrem Shampoo einschmierte, hatte ich mir vorgestellt, wie sie sich ihre Muschi wusch, ihren nach Meer duftenden Seeigel, gespalten, pink zwischen ihren dunklen Schamhaaren … Während ich mich mit ihrer Bodylotion eincremte, hatte ich vor Augen, wie sie ihre Brüste salbte, ihre Brüste mit den dunklen Höfen um die Brustwarzen, die man wie Himbeeren in den Mund nehmen konnte. Das war zuviel! Mein Schwanz war hart geworden, ich fasste ihn nur kurz an und er explodierte wie Springkraut. Ich spritzte meinen Samen, in den Knien einknickend, gegen Sarahs Duschvorhang. Danach stellte es sich schwierig heraus, das Sperma abzuspülen, denn durch das heiße Wasser klumpte das Eiweiß. Ich nahm Klopapier, um es abzuwischen und reinigte dann noch das Abflusssieb. So fing

98

es an, wenn Sie es genau wissen wollen, und Sie wollen ja alles ganz genau wissen. Sie haben ja kein eigenes Leben und geilen sich an den Leidensgeschichten Ihrer Patienten auf. Und nein! Ich werde das nicht streichen. Ich werde gar nichts streichen. Ich will, dass Ihnen die Scheiße um die Ohren fliegt. Als ich diese grausame Postkarte von Mehdi las, wurde mir schlagartig klar, was für ein armes Würstchen ich bin. Aber Sie liegen mit mir auf dem gleichen, großen Grill. Und davor steht ein bierbäuchiger Asi und flucht rechtsradikale Parolen vor sich hin. Gott vielleicht. Ha! Aber das ist Ihnen natürlich zuviel Metaphysik. Sie machen Ihren Job. Waten wie ein Arbeiter im Klärwerk durch den Dreck und haben uns am Haken, spielen mit uns, beobachten unsere Zuckungen. Ansonsten sind Sie wie einer dieser Brausebonbonspender für Kinder. Da waren Figurenköpfe drauf, Sylvester, der Kater, oder Tweety, dieser scheinheilige Piepmatz. Wenn man den Kopf nach hinten klappte, schob sich die oberste Pastille eines Stapels nach vorn. Vielleicht kann ich mal Ihren Kopf in der Bastelstunde kneten und auf so ein Ding montieren. Und dann knick ich den Deez nach hinten und meine Tabletten kommen raus. Eigentlich ein super Stellvertreter, denn Sie sind ja vor allem ein Tablettenautomat auf zwei Beinen. Zuhören können Sie auf jeden Fall so schlecht, dass man einfach keine Lust hat, Ihnen irgendwas zu erzählen. Ich tu's trotzdem. Aber wo war ich stehengeblieben? Natürlich hat alles eine Aura, strahlt etwas aus, riecht, beeinflusst unsere Gefühle und Gedanken, kann uns verhexen und uns unglücklich machen oder glücklich. Sarahs Wohnung hatte eine Aura, sie war weiblich, warm, anregend. Doch an jenem ersten Tag war ich erst einmal niedergeschlagen und voller Selbstverachtung wegen meines Kontrollverlusts im Bad. Post masturbationem omne animal triste est. Ja, auch ich hab mal Latein gelernt! Ich schaute mir Sarahs Bücher an und ertappte mich dabei, dass ich mit Hilfe eines kleinen Schemels zuallererst die obersten Regale durchforstete. Dort versteckt man ja zum Beispiel erotische Romane. Bei Sarah fand ich Fanny Hill, verstaubt, und Emanuelle, zerfleddert, wahrscheinlich gebraucht gekauft. Ich sank auf ihre Couch und las den Anfang des Romans. Er tröstete mich, denn das Sexuelle, die Lust, die Selbstbefriedigung, das alles war in dieser Welt normal, sogar die Hauptsache, ich war kein Unmensch. Als ich den Roman zurückstellte, merkte ich, dass mein Schwanz wieder hart geworden war. Ich sah das als Zeichen, dass das Leben, das nach meinem Orgasmus zum Stillstand gekommen war, weitergehen konnte. Sarah hatte immer noch die Bücher, die wir in der Schule gelesen hatten, aber sonst vor allem Unterhaltungsliteratur, auch in Englisch. Insgesamt keine große Leserin. Ich schaute ihre CD-Sammlung durch - das Übliche - und spielte Bill Withers. Zu den Klängen von ,Lovely Day' ging ich an ihrer Bildergalerie vorbei. Dabei fiel mir ein Bild auf, das im oberen Teil einen grauen Fleck hatte, der aussah, als habe der Maler dort Tapetenkleister verschmiert. Ich weiß noch, dass ich mir dachte, wie schön es sein musste, Maler zu sein. Die Bilder fand ich alle interessant. Eins von Basquiat mit übermalten Zeichnungen, tollen Farben und Schrift begeisterte mich besonders. Verlaufene Farbe, Zeichen überall, teilweise übermalt oder durchgestrichen. Ich schlug Hinweise auf Stellen im Buch der Könige und in der Offenbarung nach. Es ging irgendwie um das Aufstellen von Säulen. Die Arbeit des Künstlers? Phallisch? DVDs fand ich nur wenige, nichts Besonderes, meine Déesses Anna Karina und Stéphane Audran waren nicht dabei. So ging ich durch Sarahs Wohnung und kam schließlich in ihr Schlafzimmer. Dort schob ich die Tür des Kleiderschranks auf, sog den Geruch in mich ein und strich mit den Fingerkuppen über die Kleider, Blusen, Hosen. Sie schwangen leicht zur Seite. Ich schnüffelte an der Achsel eines Kleids und meinte einen leichten Schweißgeruch wahrzunehmen. Sarahs Welt umfing mich, obwohl das, was ich gerade tat, sicher nicht in ihrem Sinne war. Meine Nase in ihrer Wäsche - natürlich hätte sie das abgestoßen. Aber die Versuchung war zu groß.

Und ich ging noch weiter. Ich hatte gesehen, dass Sarah die Wohnung in Eile verlassen hatte. Der Ruf in den Dschungel zu den Kranken war sehr plötzlich gekommen. Ein paar

Sachen lagen herum, eine Handtasche, ein Halsband mit grünen Steinen, die ich durch meine Finger gleiten ließ, ein paar Espadrilles. In der Küche entdeckte ich, dass sie es nicht geschafft hatte, den Mülleimer zu leeren. Ich schaute mir den Inhalt genauer an: Sie hatte den Müll nicht getrennt, musste ich feststellen und zog eine leere Weinflasche und eine Plastikverpackung heraus. Sie trennte den Müll grundsätzlich nicht, das sah ich daran, dass eine Art gelbe Tonne und ein Behältnis für Glas fehlten. Ich war überrascht, in diesem Punkt hatte ich sie ganz anders eingeschätzt. Ich fand auch Teebeutel, Kaffeesatz, Käserinde, eine zerquetschte Schachtel Zigaretten Gauloises und einen leeren Streifen Ibuprofen. Der Kühlschrank war leer. Das war nicht nett von ihr, sie hätte mir doch zur Begrüßung etwas hineinstellen können. Ein paar Salzgurken schwammen in einem Glas. Auf einem Brett ein trockener Kanten Brot, das war's. Haben Sie ‚The Imp of the Perverse' von Poe gelesen? Ich muss immer daran denken, wenn ich weiß, dass ich etwas nicht tun sollte, dass es mir nicht guttun wird, alles durcheinanderbringt. Es ist mir klar, dass die Grenzüberschreitung mein mühsam aufrecht erhaltenes Gleichgewicht gefährdet, dass Niedergeschlagenheit und Antriebslosigkeit folgen werden, aber: Ich tue es trotzdem! So war es auch an jenem ersten Abend in Sarahs Wohnung. Denn die Beobachtung, dass Sarah überhastet aufgebrochen war, gab mir einen teuflischen

Gedanken ein. Hatte sie vielleicht noch andere Dinge vergessen? Sogleich hatte ich das Bild eines Wäschekorbs voll schmutziger Wäsche vor Augen und machte mich auf die Suche. Im Wäscheschrank fand ich einen Korb und durchwühlte ihn: ein paar Handtücher und ein Pullover, der im Dunkel Funken sprühte, als ich ihn herauszog. Dann aber schaute ich mir die Handtücher genauer an. Eines war zusammengerollt. Und tatsächlich: Ein gebrauchter Slip von Sarah lag darin. Seidig glatt und kühl lag er in meiner Hand. Es war dunkel geworden. Mit meiner Beute in der Hand zog ich die Vorhänge des Schlafzimmers zu und schaltete das Licht an. Der Slip glänzte perlmuttfarben, sah zugleich elegant und sexy aus. Im Schritt entdeckte ich, worauf ich gehofft hatte: eine schmale braune Spur, die Sarahs Anus dort hinterlassen hatte, und davor etwas Eingetrocknetes, Ausfluss aus ihrer Scheide. Sofort warf ich mich aufs Bett und legte ihren Slip auf mein Gesicht. Sie wollten es so, Doktor. Ihnen ist nichts Menschliches fremd. Als ich Sarahs Duft roch, lief ein Zittern durch meinen Körper. Ich wand mich aus meiner Hose und zog die Unterhose herunter. Ja, jetzt bekommen Sie endlich Ihren Porno, Doktor. Sarahs Saft roch aufregend, und ich stellte mir vor, wie er ihr zwischen den Schamlippen herausgelaufen war. Vielleicht hatte sie in Emanuelle gelesen und sich dabei gerieben und einen Finger hineingesteckt. Ich stellte mir vor, wie sie ihren feuchten Finger dann an ihre Nase und an die Lippen geführt hatte - und beinahe wäre es da schon um mich geschehen gewesen. So, wie jetzt vielleicht um Sie, Doktor? Finger weg! Wenn ich die verkrustete Stelle im Slip mit meiner Zungenspitze befeuchtete, wurde der Geruch noch intensiver und auf dem Rücken liegend, stellte ich mir vor, wie Sarah auf mir saß, wie mein Schwanz in ihr steckte, wie sie ihn mit ihrer Muschi molk. Noch aber hielt ich durch, denn es war für mich ja die zweite Runde, Sie erinnern sich. Nun erschnupperte ich ihren braunen Fleck, ein wilder Duft, wie Honig und Spucke, der mich ihren Po sehen ließ, den ich vor vielen Jahren im Dunkeln einmal gesehen hatte, diesmal aus der Nähe, die Backen, die sie für mich mit ihren schönen Händen spreizte, um mir ihr Poloch zu zeigen, das ich jetzt leckte. Ist Ihnen das schmutzig genug? Sarah stöhnte auf. Haben Sie endlich, was Sie wollen? Ahnen Sie, wie es weitergeht? Wie ein Tintenfisch, der zwischen meinen Beinen saß, zogen sich meine Muskeln hinter den Hoden zusammen, pumpten und begannen, mein Sperma herauszuschleudern. Im Dunkeln von Sarahs Schlafzimmer sah ich es weißlich glitzernd aus meinem Schwanz schießen. Ein Spritzer warmen Schleims, nach Champignons riechend, landete in meinem Gesicht und auch auf Sarahs Slip. Und das war das. Was sagen Sie dazu? Ist sowas normal? - Wie's weiterging? Können Sie sich ja denken. Als ich die Flecken beseitigt und den Slip zum Trocknen hingelegt hatte, wurde ich natürlich traurig. Wie hatte ich mich so gehen lassen können? ... Irgendwann schlief ich erschöpft ein, - auf Sarahs Kopfkissen den Duft ihrer Haare suchend.

Meine „masturbatorischen Obsessionen" hätten mich nicht hierhergebracht, lautete Ihr geringschätziger Kommentar bei unserem wöchentlichen Termin. Ich bin da anderer Meinung. Die Zeit in Sarahs Wohnung war der Nährboden für alles, was später noch kam. Dort begann es wirklich schiefzulaufen. Anstatt das mich Stärkende dieser wundervollen Umgebung anzunehmen und von dort aus z.B. mit der Jobsuche zu beginnen, ließ ich mich gehen. Und das gehört zu meiner Geschichte, das muss erzählt werden, ob Sie wollen oder nicht. Ich weiß, ich langweile Sie, aber es muss sein. ‚Es' muss sein! - Beethoven. Noch während des Aufwachens am nächsten Morgen stellte ich mir mit geschlossenen Augen vor, dass hier für gewöhnlich Sarahs Busen lag, hier in dieser leichten Kuhle ihr Po, am Kopfkissen roch eine Stelle nach Honig, vielleicht war ihr im Schlaf etwas Spucke aus dem Mundwinkel gelaufen ... Sie können sich denken, wie es weiterging ... Ansonsten arbeitete ich fieberhaft an meinen Rachelisten. Die Wohnung verkam. Ich hauste in einem Schweinestall. Ich erinnere mich an einen Traum, Doktor Freud, den ich an einem heißen Frühlingsnachmittag hatte, als ich auf Sarahs Bett eingeschlafen war.

Ich befand mich in einem kleinen Zimmer, in dem ich mich nicht bewegen konnte, ohne auf etwas zu treten oder etwas umzustoßen. Faule Äpfel – Schiller! – kullerten vom Tisch, als ich mich der Spülecke näherte. Dort stank es. Der Mülleimer war seit Wochen voll. Joghurt verkäste brockig an Plastikbecherwänden, wattiges Pilzgewebe wucherte aus Brotkanten, Käserindenschweiß roch parmesanig, Fußhornhautschnipsel quollen in süßer Bananenfeuchtigkeit. Aus der Tiefe eines Tümpels, der in einem Styroporpott zurückgeblieben war, stiegen blubbernde Blasen auf. Winzige Fliegen, die Beinhaare verschmiert mit Schmand, flogen glücklich und schwerfällig umher. Satt von Moderschmiere eilten Schaben durchs Chaos. Flechten bedeckten die Ausgussemaille, die Schimmel sprenkelte, Moosartiges wogte im Pesthauch der demAbflussloch entströmenden, nach entzündeten Mandeln stinkenden Gase. Der Wasserhahn tropfte zwischen zahnpastaverkrusteten Kacheln. Alles roch: der Staub, das schweißgetränkte Kopfkissen, die Sofabezüge. Aus dem kaputten Kühlschrank stank es nach fettigem Plastik und saurer Milch. Ich legte eine CD ein. Auch sie roch: nach Chemikalien. Aus dem Gerät stieg der Geruch warmwerdender Elektrikteile. Ich setzte mich an den Schreibtisch. In meiner Poritze stand Schweiß, von meiner Hose stieg Ammoniakgeruch auf. Ich sah hinaus. Die

Schornsteinaufsätze auf den gegenüberliegenden Hausdächern hoben sich silbern vom gleißenden Himmel ab. Die weißen Wolken wirkten auf dem Blau wie Schmutzflecke. Meine Hose spannte. Der Stuhl schien sich gegen meine Hoden zu pressen. Der Kugelschreiber lag starr an meinem Fingerknöchel. Mit der linken Hand strich ich über den Hosenschlitz, kraulte die Schwellung. Meine Brustwarzen spürten das T-Shirt. Ich öffnete den Reißverschluss, der Fisch mit der Krötenhaut schnellte aus der Unterhose. Ich spielte an seinem kleinen Loch. Die Eichel saß hart und wulstig wie ein Feuerwehrhelm auf dem dicken Schaft. Ich griff an die Wurzel und spannte die Oberschenkel an. Mein Penis schwoll noch mehr und pulste. Ich stemmte meine Füße gegen den Heizkörper, kippte den Stuhl nach hinten und streckte mein Becken der Tischplatte entgegen. Als das Pumpen begann, ließ ich mich nach vorne fallen. Der Samen strömte stoßweise in meine Handhöhle. Das Sperma roch wie das frisch gemähte Gras draußen. Ich wusch mir den Schleim aus der Handfläche, er sammelte sich im verhaarten Abflussloch. Ich setzte mich wieder an den Tisch, stützte die Ellbogen auf und fühlte die Krümel an den warzigen knorpeligen Spitzen. Ich musste eingeschlafen sein. Kreischend schossen Mauersegler durch den Innenhof. Der Himmel war ganz blau und Rasenmäher waren in der Ferne zu hören. Der Tag war noch lange nicht zuende. Im Schatten des Fensterrahmens hingen Spinnweben um eine Postkarte, die Spinne lauernd inmitten toter ausgesaugter Falter, ihren Bauch nach oben, die Beine wie eine Bärenfalle geöffnet. ‚El sueño de la razón produce los monstruos'. Mein Penis war wieder verstaut. Ein kleiner Fleck hatte sich auf der Hose gezeigt. Die Kirchturmuhr schlug fünfmal. Es war wie an einem endlosen Sonntagnachmittag: gefangen in der Wohnung, das schöne Wetter draußen, alle sind glücklich, nur ich nicht, der Fernseher läuft, die Helligkeit von draußen spiegelt sich darin, Tennisballploppen, die Zellen fressen sich gegenseitig auf, man stößt das Mittagessen auf. Endlich kam die Dämmerung. Ich putzte mir die Zähne und spuckte den Schaum auf das Gelee im Ausguss. Die Hitze schien zu dröhnen, ich kam mir vor wie im Maschinenraum eines Schiffes. Auf dem Sofa sitzend war ich dabei einzudösen, ich wollte im Schlaf vergessen, aber da erklang die Zeile ‚Die Liebe liebt das Wandern' aus der Winterreise, allerdings nicht von Fischer-Dieskau gesungen, sondern gepiepst mit einer unmenschlich hohen Fistelstimme. Ich machte Licht. Der ‚Gesang' kam aus der Spülecke, brach jedoch, kaum hatte ich ihn geortet, ab. Im Schlick des Ausgussbeckens entdeckte ich Spuren winziger Füße. Ich durchsuchte das Zimmer. Dann hörte ich ein Lachen, das blechern verzerrt klang. Ich folgerte, dass das Ding in der Nähe der leeren Konservendosen war, die ich an einem Ende des Schreibtischs aufgestapelt hatte. Aber ich kam zu spät, eine Art Schneckenschleim zog sich über eine Lakritztüte ...

In einer eingedickten Lache Kirschnektars fand ich das Wesen schließlich: festgeklebt. Ohne zu zögern, nahm ich den Duden, mein Insektenzerquetschbuch, und holte aus. Da schrie es sich bekreuzigend: „Vater, halt ein!" Ich war so verdutzt, dass ich erstarrt zuguckte, wie das verhutzelte Wesen ausbüxte. Es eierte vorwärts, war etwa so groß wie ein Radiergummi, und hatte eine menschenähnliche Gestalt. Nachdem der Kleine, ich hatte einen kleinen Penis gesehen, vom Kühlschrank gesprungen war, verschwand er unter dem Bett und begann sofort zu husten. Ich brauchte nur zu warten: Kurz darauf kam er schon hervorgewankt – kleine Staubknäuel ausspuckend. Ich klemmte ihn zwischen zwei Büchern ein und verhörte ihn. Er redete viel wirres Zeug, unter anderem behauptete er, aus meinem Sperma entstanden zu sein, ich müsse da im Ausguss irgendetwas befruchtet haben. „Lass uns einen trinken gehen", piepte er schließlich, befreite sich und versuchte zur Tür zu gelangen. Ich sah ihm zu, wie er durch das Labyrinth auf dem Schmuddelteppich irrte, und musste lachen. Er robbte und kletterte verbissen, arbeitete sich aber in eine völlig falsche Richtung vor. Als er schließlich das Sofa erreicht hatte und erkannte, dass es nicht die Tür war, malte sich Enttäuschung auf seinem Gesichtchen. Er tat mir leid und ich begann, mit ihm eine Nummer einzustudieren, bei der er zu ‚Sittin at the dock of the bay' auf dem Mülleimerrand sitzt und pfeifend

Silberfischchen angelt. Anschließend spießt er sie auf eine Stecknadel und brät sie an einem Streichholz, das ich ihm hinhalte. Während ich die Worte „vielleicht könntest du damit im Zirkus auftreten" sagte, wachte ich auf.

Und jetzt sind Sie dran, Doc. … Schweigen im Walde? Soll ick selber mal ne Traumdeutung versuchen? Is doch imma detgleeche: Mein ‚Es' zeicht sich, wah? Libido, Lust am Zerfall, Entropie, blablabla. Iss doch klar wie Kloßbrühe, ditt Janze. Ick weeß ooch nich, warum ick plötzlich balienan tu, Herr Dokter. Und? Wieda nüscht. Dann sarick Ihn mal was: Dea janze Laden hia jeht mia so uff'n Jeist, ick halt dit nich mea aus. Russ ins Jrüne, ha ick mia jedacht. Kiecken se ma usn Fenster! Und? Eben! Wieda nüscht! Ach, hat doch allet keen Zweck hia! Sie vastehn ja doch nua Bahnhof. Da knall ick Ihn doch lieba wieda sone Liste wie neulich vorn Latz. Wo ick mich ran erinner. Was nich mehr da ist. Oder ist es doch noch da? Ich geb mal ein Beispiel. Regenrauschen nachts beim Einschlafen vorm Fenster, das hab ich immer geliebt, kanns aber jetzt nicht mehr hören, Tinnitus. Aber jetzt hab ichs ja als Dauerregenrauschen im Ohr. Also ist es doch noch da. Und die Gestorbenen? Mutter, Vater … Sind noch da, wenn ich mich an sie erinnere. Oder sogar immer dabei, als Geist, Gefühl, Stimme im Ohr … Der Kuss meiner Mutter auf meine Wange ist nicht mehr da. Meine kastanienbraunen Locken sind nicht mehr da. Ich bin jetzt schütter und grau. Das Lesen langer Bücher wie ‚Der Herr der Ringe' ist nicht mehr da. Der wunderbar weit und genau zu jemandem fliegende Fußball ist nicht mehr da, denn ich spiele schon lange nicht mehr. Die Begeisterung der Jugend ist nicht mehr da. Die Filme der Schwarzen Serie im Fernsehen sind nicht mehr da. Ich selbst als verstockter verwirrter Verliebter bin nicht mehr da. Die Freude am Malen ist nicht mehr da. Ich sag nur Gestalttherapie. Die eiskalte Coca-Cola bis oben voller zerstoßenem Eis vor dem Café in der amerikanischen Siedlung ist nicht mehr da, die ganze Gebäudezeile ist abgerissen. Das Haus, in dem ich aufgewachsen bin, ist nicht mehr da, denn es ist völlig umgebaut und eine andere Familie wohnt drin. Die duftende Linde vor meinem alten Fenster und der Holunder mit den Glühwürmchen hinten im Garten sind nicht mehr da. Die selbsterfundenen Spiele, wie das ‚Kanten' auf der Straße, sind nicht mehr da und werden von niemandem mehr gespielt. Die unendliche Zeit, die ich als Jugendlicher hatte, ist nicht mehr da.

Gurke, du liegst vielleicht gerade im Löffelchen-Style eingekuschelt vor deiner Drag-Queen, deren Spucke an deinem Schwanz trocknet … Tschuldigung, Doktor. Aber ist das Leben nicht so? Oder zeigen meine Gedanken nur Eifersucht und Neid? Bin ich bi? Ich will es gar nicht wissen und vermisse dich einfach, Gürkchen. Deshalb bin ich so gemein, vulgär, geschmacklos. Dein Weggehen hat mich völlig aus der Bahn geworfen, ich bin immer noch nicht wieder im Gleichgewicht. War ich ja allerdings nie. Wenn ich vom Fenster aus in den strahlend blauen Himmel schaue, ist er, anders als in meiner Jugend, voller dunkler Kratzspuren. Das sind die ‚Fliegenden Fliegen' - Wenn Fliegen hinter Fliegen fliegen, fliegen Fliegen hinter Fliegen – Glaskörperflocken. Wie schön sind doch Schneeflocken dagegen!

Gurke, du Gurke, Sohn eines marokkanischen Schwammtauchers, viel gesagt hast du ja nie, höchstens ein paar nichtssagende Worte, so wie „draußen regnets" (als ob es manchmal drinnen regnen würde!) oder „Zimtschnecken – lecker!", du eiertest eigentlich nur so mit durch den Klinikalltag. Ich weiß nicht, warum ich dich so vermisse. Heute bin ich unruhig … (Traurigkeit ward mir zum Lose) … ich kann nicht weiterschreiben. (Unterbrechung!)

So, ich hab mich halbwegs gefangen. Doktor. Machen Sie es sich mit einer Tasse Tee gemütlich und entspannen Sie sich bei meiner kurzen Nacherzählung eines Taschenbuchs, das hier im Aufenthaltsraum rumlag und das ich gerade lese. Ich kenne also das Ende noch gar nicht, aber das macht nichts.

Wozu braucht man ein Ende? So kann man sich selbst ausdenken, wie es weitergehen könnte. Ich weiß nicht, wie das Buch heißt, die Seiten, auf denen das stand, sind verloren gegangen, vielleicht hat sie jemand rausgerissen, nur kleine Reste sind noch da. Das Buch ist verkrümmt, lässt sich schlecht blättern, das Papier riecht gut nach Pulp und Druckerfarbe, es sieht aus, als sei es mal im Regen liegengelassen worden, wie ein anderes Buch unter einer offenen Schiffsluke in einem Sturm. Sie werden nicht wissen, auf welches Gedicht ich hier anspiele, aber ich will Ihnen zeigen, dass Sie eben auch nicht alles wissen. Ärgern Sie sich nicht, genießen Sie die Unterbrechung, das Intervall, die Kinopause, schenken Sie sich noch ein Tässchen Tee ein, am besten einen Assam, whiskybraun und dampfend, obwohl die Geschichte in Darjeelinggebiet spielt, an den Ausläufern des Himalayas in einem Dorf in den Hügeln. Ach ja, der Roman ist in Englisch geschrieben. Ich verstehe nicht jedes Wort, aber ich finde, das macht das Buch noch interessanter, es macht es noch mehr zu meiner Geschichte in gewissem Sinn, wenn Sie verstehen, was ich meine. Wahrscheinlich verstehen Sie aber nicht, was ich meine ... Eine junge Frau kommt in dieses Dorf. Ihr geliebter Mann ist bei einer Bergexpedition gestorben und sie beginnt ganz langsam ein neues Leben. Sie unterrichtet an einer Schule und hilft einem alten grummeligen Gin-Trinker, Diwan Sahib, der allein in seinem großen Haus lebt und an einer Biographie des Tigerjägers Jim Corbett schreibt. Die ganze Geschichte ist wie ein langsamer Wirbel um die Leere nach dem Verlust eines nahen Menschen, eine Leere, die sich allmählich mit Leben füllt, mit dem Monsun, den Pflanzen, Gestalten und Geschichten. Allein die Pflanzennamen! Deodar, banyan, sal, amla, raintree, datwa ... Tut mir gar nicht leid, Sie zu langweilen, Herr Doktor, ich hatte nicht vergessen, dass Sie keinerlei poetische Ader haben. So viel liegt unter der Oberfläche – geben Sie's zu, Sie haben ‚Eisberg' gedacht! - aber nein, eben nicht das Eis, hier geht es ums Leben, verstehen Sie, soviel liegt im Verborgenen, in den Falten der DNA, der Erde, des Gesichts und nach einem Verlust müssen wir alle neu anfangen. Müssen wir nicht? Ende des Entreacte, Doktor Schmollmund? Steht Ihnen nicht. Ich weiß, dass Sie mich verachten, weil ich nie wirklich gearbeitet habe. Ein paar Studentenjobs und später, stellen Sie sich das vor, musste ausgerechnet ich, Meister der Strukturlosigkeit, älteren „freigesetzen" Walzwerkarbeitern, ein paar Marokkaner darunter, vielleicht sogar der Vater der Gurke, fällt mir jetzt ein, musste ich Zeit-Management unterrichten. Nach einem Skript, das die Firma zu benutzen vorschrieb. Ich hatte keine Ahnung. In der ersten Übung sollte jeder sein Herz erleichtern und alles Negative über die Firma, bei der er Jahrzehnte gearbeitet und die ihn rausgeschmissen hatte, auf einen Zettel schreiben. Diese Zettel sollten dann gemeinsam verbrannt werden. Diese Übung ließ ich einfach weg. Das wiederum brachte mir Ärger ein und kurz darauf war ich es, den man freisetzte. Free as a bird. Somewhere over the rainbow blue birds sing. Mehr Geschichten aus der Arbeitswelt? Nee, da mach ich nicht mit. Die Deutschen und die Arbeit. Wir sind nichts ohne Arbeit. Es gibt ja diese Hasstirade auf die Deutschen von Hölderlin, Handwerker siehst du, aber keine Menschen, Denker, aber keine Menschen …, doch das stimmt ja auch wieder nicht und ist ja auch gerade typisch deutsch, diese Verachtung …

(Vorhang auf!) Ich will es hinter mich bringen. Wie im Beichtstuhl. Und Sie reichen mir einen Rosenkranz, nicht zum Beten, sondern zum Essen, die Pillen auf einen Faden gefädelt, zum Abknabbern wie die bunten Liebesperlen aus Zucker auf einer Gummischnur. Ich spring in den Kaninchenbau, in den Time-Tunnel und bin wieder in Sarahs Wohnung. Ich fummle mit einer gebogenen Haarklammer das Schloss ihres Tagebuchs auf, hinterlasse ein paar verräterische Kratzer. Ihre ordentliche hübsche Mädchenschrift, mit dem Füller in blauer Tinte geschrieben. Ich suche nach intimen Geständnissen, aber es geht vor allem ums Medizinstudium, um den Geruch im Seziersaal, die Leichen und solche Sachen. Dann finde ich doch eine Stelle, in der sie schreibt, wie sehr sie in Chris verliebt ist – ausgerechnet ein Chris, so ein Playboyname!

Später fragt sie sich, ob sie ihn liebt, gibt aber keine Antwort. Über mich verliert sie kein Wort in ihrem Tagebuch. Kein einziges Wort. Vielleicht hat sie irgendwelche Geheimzeichen verwendet? Aber ich kann nichts entdecken. Keine Codes, keine Symbole, nichts. Seitenlang geht es um die Trennung der Eltern, Analyse, Analyse, Sie wären begeistert gewesen, Herr Doktor. Ich hatte mir mehr erhofft. War sie wirklich so langweilig wie das Bild von ihr, das da in ihrem Tagebuch entstand? Ich hatte sie nie als langweilig empfunden. Das Tagebuch war eine Enttäuschung, Sarahs Kleider waren es nicht. Ich verfiel darauf, sie anzuziehen. Stellte mich vor den Schlafzimmerspiegel und streifte mir ihre Sommerkleider über den Kopf. Ich sah mich, mein Gesicht, meinen Körper, aber eigentlich war ich es ja nicht, denn ich sah mich spiegelverkehrt, die Seiten waren vertauscht, ‚Chiralität‘, wie es Walter White in ‚Breaking Bad‘ erklärt, das machte es mir leichter, Grenzen zu übertreten. Der in Sarahs Kleid war ich nicht. Ich schaute ihn an und er gefiel mir noch nicht. Über der flachen Brust stand der Stoff ab. Ich griff zu einem von Sarahs BHs, stopfte die Körbchen mit ihren Strumpfhosen aus, bis sie schön gewölbt waren. Nun schaute ich mich von der Seite an. Die Silhouette ließ sich sehen, ich posierte ein bisschen im Halbprofil, wie bei einem Foto-Shooting, griff mir an den Busen, verschränkte am Türrahmen lehnend einen Arm hinter dem Kopf, stellte mir vor, wie Sarah darin aussah, stellte mir vor, Sarah zu sein. Dann sah ich, dass sich das Kleid über meinem Hosenbund bauschte, der zarte Stoff musste doch an meinen Flanken hinabfallen bis zu den Knien. Also schlüpfte ich aus der Hose und war erstaunt, als mein steifer Schwanz dabei aus dem Slip schnepperte. Als ich das Kleid über ihn fallen ließ, buchtete er es vorn stark aus. Das sah seltsam aus. Gleichzeitig erregte es mich. Ich hob das Kleid und schaute auf meinen runden Po, Sarahs Po, wackelte probehalber damit, so wie Sarah vielleicht vor Chris' Schwanz damit gewackelt hatte. Ich leckte über meinen Oberarm, biss leicht hinein und roch meine Spucke. Ich beugte mich vor und schaute meinem Doppelgänger dabei zu, wie er sich unter dem gerafften Kleid den Mittelfinger ins Poloch steckte und hinein- und hinausfuhr. Jetzt zog er den Pofinger heraus, rieb ihn am Oberarm ab und roch an seinem Bizeps. Ein erregender Geruch. Wahrscheinlich roch auch Sarahs Po so. Er richtete sich auf, ließ Sarahs Kleid fallen und ich sah unter dem hauchdünnen Stoff seinen Penis wippen, sah den prallen BH, Sarahs BH, sah die gewölbten Pobacken, Sarahs Pobacken, hörte meinen Atem, ihr Stöhnen und dann begann mein Schwanz zu pulsen und spritzte in Sarahs Kleid hinein. Ich ließ mich aufs Bett fallen. – Sind Sie noch da, Herr Doktor? Betretenes Schweigen? Was kann denn einen Seel'nmann schon erschüttern? Auf der Reeperbahn nachts um halb drei, ob du'n Mädel hast oder zwei. Häste uch keen Jeld – is doch

117

janz ejal – kümma disch nit dröm. Undsoweiter … - Als wenn das alles so einfach wär!

„Sie hätten sich das Ganze sparen können. Kommen Sie endlich zur Sache", haben Sie gesagt. „Zu dem, was Sie hier in die Klinik gebracht hat." Als ich dann anfing, mal wieder vom Chiralen zu reden, von den zwei spiegelbildlichen Händen, die ineinanderpassen und davon, dass man meine andere Seite doch verstehen müsse, schnitten Sie mir einfach das Wort ab. „Papperlapapp!", schnauzten Sie. „Verstehen wird überbewertet!" Um mich unter Druck zu setzen, zeigten Sie mir sogar eine Anfrage der Staatsanwaltschaft, ob ich verlegungsfähig sei. Ich denke aber, es war wichtig, Ihnen meinen Zustand damals in Sarahs Wohnung deutlich zu machen. Das ist der wichtigste Teil des Hintergrunds. Dazu gehörten aber auch sich stapelnde Pizzakartons, Plastikverpackungen vom Vietnamesen mit Fischsaucengeruch, zerknüllte Taschentücher, die Türme schmutziger Teller … Ich hatte aber nicht nur eine stinkende Müllhalde aus Sarahs Wohnung gemacht, es war schlimmer: Ich hatte sie verraten, verriet sie immer wieder. Aber damals war mir das gar nicht so bewusst, ich quoll in meinem Tümpel vor mich hin, beschäftigte mich mit meinen Racheplänen und merkte gar nicht, wie die Zeit verging. Tag und Nacht spielten keine Rolle mehr, andere Menschen brauchte ich nicht.

Irgendwann aber, und jetzt komme ich zu dem, worauf Sie die ganze Zeit wie eine Hyäne lauern, Herr Doktor, irgendwann, als ich wieder mal nachts in meinem Schmodder erwachte, erfasste mich eine große Unruhe. Ich konnte mich nicht an mein Projekt setzen, denn ich erkannte plötzlich, dass ich mich verzettelt hatte, ich merkte, dass die Wohnung stank, ich öffnete das Fenster, ich sah in die Nacht hinaus, es war Sommer, die Fledermäuse flatterten durchs Dunkel und da kam mir der Gedanke, ich sei vielleicht eine Art Vampir, der unter Menschen gehen müsse, Menschen, deren Lebensenergie ich aufsaugen konnte …. Mit einem Mal hielt ich es drinnen nicht mehr aus, zog eine Lederjacke von Sarah über, wusch mich, schminkte mich, ich weiß nicht genau, warum, legte ihr Puder auf, tuschte meine Wimpern, malte mir die Lippen an, schmierte mir Sarahs Gel ins Haar und lief die Treppen hinunter. Draußen bewegte ich mich in Richtung Zentrum. Ich ließ mich durch die Menschenmenge treiben, die an den Bars vorbeiströmte, irgendwann würde ich an der Reihe sein, auszuscheren und irgendwo einzutreten.

Wenn ich Sie mir so ansehe, Herr Doktor, glaube ich, Sie sind - wie auch ich - kein Nightlife-Typ. Wir könnten ja vielleicht abends mal zusammen ausgehen, ganz entspannt, wie wär's? Ich laufe Ihnen auch nicht weg. Ich sehe, wie Sie Ihren Kopf schütteln, den Kopf, der so voller Bedenken ist, so voller

Probleme von anderen, so schwer, Sie sind müde, schauen Sie auf meinen Finger, den ich vor ihrem Gesicht hin- und herbewege, von der einen Seite zur anderen Seite, und Ihre Augenlider werden schwer, ihr Kopf wird immer schwerer, die Lider sinken herab, der Kopf senkt sich auf Ihre Brust, auf der sich unter dem gebügelten Hemd sicher graue Haare kräuseln, ihr Kinn möchte weich darin ruhen … Vielleicht hätte ich Hypnotiseur werden sollen … Aber ich schweife ab. Kennen Sie das, wenn Elektrizität in der Nachtluft liegt, in der erfrischenden, eigentlich kühlenden Nachtluft, die aber von der Wärme flimmert, die von den erregten Menschen aufsteigt und von den heißen Motorhauben von Autos, in denen Paare fummeln, von den Grills, die überall hinter den Cafés und Bars glühen und deren Rauch und Geruch nach angebranntem Fleisch sich mit dem Duft der Flaneure mischt, der Aufgebrezelten, die so wie ich in jener Nacht auf der Suche nach Glück die Stadt durchstreiften. Kennen Sie das Gefühl, dass die Flanken voller Erwartung beben, der nervös trockene Mund nach dem zerstoßenen Eis eines Drinks lechzt, der ganze Körper vor Verlangen giert, sich etwas hinzugeben … Gewisse Blicke, die mich trafen, sprachen zu mir … von Liebe, Sex, alles schien möglich … Dann verstand ich plötzlich, wo ich hinmusste, denn ich sah das Zeichen, das große, neongelb leuchtende Wort MARTINIQUE. Doch das sagt Ihnen wahrscheinlich nichts, Herr Doktor, Sie haben

‚Haben und Nichthaben' vielleicht nie gesehen. Wir könnten den Film ja zusammen anschauen - auf einem großen Sofa Maischips knabbernd, unsere Münder brennend vom Chilli, eiskalte kleine Flaschen Bier schlürfend –, die Funken sehen, die zwischen Bogart und Bacall hin- und herstieben, Bacalls Blick ... Und zu ihrer tiefen Stimme und Hoagy Carmichaels Hongkong Blues würden wir uns vielleicht aneinander kuscheln, aber ich will Sie nicht nervös machen. Klimpern Sie nicht so entrüstet mit Ihren Bambi-Wimpern hinter der schlauen Brille, ich scherze doch nur. Ich ging hinein, setzte mich an die Bar und bestellte einen Mojito. Während ich gierig am Strohhalm saugte, sprach mich ein Mann an, der mich sofort an Glenn Ford in ‚Gilda' erinnerte. Er hatte dieses jungenhafte Gesicht, mit starkem Kinn, einer Stupsnase und kindlichen Bäckchen. Allerdings hatte ich Glenn Ford nie gemocht, aber der Typ hier erzählte etwas, das mich interessierte. Von einer Reise auf die Bahamas und einer Geldtransaktion mit einem reichen Kunden seiner Bank. Bald aber hörte ich ihm nicht mehr so aufmerksam zu, denn in seiner Geschichte ging es eigentlich nur um Geld und das hat mich nie wirklich interessiert. Die Bahamas eigentlich auch nicht, ich dachte nur an Rita Hayworth und Buenos Aires, an den Mann mit der Narbe und das illegale Casino im Hinterzimmer. Und damit war ich doch wieder beim Geld. Der Mann, ich will seinen Namen nicht nennen, Sie kennen seinen

Namen ja sicher von den Gerichtsgutachten, die meiner Akte beiliegen, nennen wir ihn einfach auch wieder X, bestand darauf, mir ein paar weitere Drinks zu spendieren. Ich nickte nur noch und saugte die vibrierende Atmosphäre um mich herum auf – mit den Mojitos. Alkohol war ich allerdings überhaupt nicht gewöhnt, von einem auf den anderen Augenblick begannen die Wände des Lokals zu schwanken, es sah aus, als fielen die Ventilatoren von der Decke, stürzten die Spiegel mitsamt den Flaschen davor und nicht zuletzt dieser X auf mich. nicht zuletzt dieser X. Er bot mir an, mich nach Hause zu fahren, ich schüttelte den Kopf, er aber griff mich am Arm und führte mich auf die Straße. Er bestand darauf, mich zu fahren. Mir war so schlecht, dass ich meinen Kopf nicht mehr schüttelte. Er bugsierte mich in sein Auto. Ich hatte während der Fahrt Angst zu kotzen und war froh, als ich kurz darauf aussteigen konnte. Dann aber wollte er mit in die Wohnung hinauf. Er würde uns einen Kaffee machen, sagte er, das täte mir gut. Ich weiß noch, was ich dachte, als er mit mir die Treppe hinaufging. ‚Er ist ja kein Unmensch.‘ Oben stellte ich mich ans Fenster und atmete tief ein und aus, während er in der Küche hantierte. Als er mit dem Kaffee kam, ging es mir etwas besser. Ich nahm einen kleinen Schluck und bedankte mich, was man eben so sagt, wenn man zeigen will, dass man nun lieber allein wäre. Er aber schien meine Zeichen nicht zu verstehen, setzte sich dabei neben mich, stellte seine

Kaffeetasse weg. Und dann ging alles ganz schnell. Mit der rechten Hand packte er mich im Nacken, mit der linken öffnete er seine Hose, holte seinen Schwanz heraus, drückte meinen Kopf in seinen Schoß und befahl mir, ihn zu lutschen. Als ich mich weigerte, stieß er meinen Kopf weiter hinunter und schob mir seinen Schwanz in den Mund. „Das wolltest du doch den ganzen Abend, Tunte", zischte er und griff mir ins Haar. Ich wollte mich wehren, aber er war zu stark. Ich dachte daran, ihn zu beißen, aber ich hatte Angst vor seiner Reaktion. Es war grauenvoll und ekelhaft. Aber zum Glück wurde mir schlecht und ich begann zu kotzen. Ich kotzte auf seinen Schwanz, in seine Hose, auf sein Hemd. Er stieß mich schreiend weg und sprang auf. Ich stand vor dem vollgekotzten Typen und kotzte nochmal vor ihn auf den Teppich. Da schlug er mich, es war ein harter Schlag in mein Gesicht und ich fiel um. Nun trat er mich ins Gesicht, und als ich es schützte, trat er mich in den Unterleib. Dabei beschimpfte er mich als das Widerlichste, was er je gesehen hätte, als Nutte, pervers, als Stück Scheiße. Er trat und ich kotzte und blutete. Dafür würde ich noch bezahlen, schrie er, er werde wiederkommen, und wenn ich zur Polizei ginge, bringe er mich um. Dann war er weg. Ich hörte seine Schritte im Treppenhaus und wartete, während ich bittere Galle hervorwürgte, bis ich unten sein Auto wegfahren hörte. Jetzt fing ich an zu weinen, konnte nicht aufstehen, mein ganzer

Körper schmerzte, Gesicht, Bauch, Hoden, und das Weinen schüttelte mich so, dass alles noch mehr wehtat. Alles stank nach Kotze, Alkohol, Blut und seinem Parfüm. Schließlich stand ich auf und schleppte mich ins Bad, sah in den Spiegel. Dieser da war ich, schluchzend, mit Kotze im Haar, zugeschwollenem Auge, aus Nase, Mund und einem Riss in der Wange blutend. Ich stellte mich unter die Dusche, ließ das Wasser auf mich fallen und wusch mich lange. Dann putzte ich mir die Zähne, zweimal, und duschte nochmal. Trocknete mich ab und legte mich im Schlafzimmer aufs Bett. Es war alles schrecklich: Der Ekel, die Schmerzen, die Demütigung durch diesen Mann, das Saubermachen … Den Teppich zerrte ich noch in derselben Nacht auf die Straße, so weit ich konnte, und ließ ihn im Rinnstein liegen. Dann begann mich die Scham zu quälen. Was hatte ich mir dabei gedacht, so unter die Menschen zu gehen? Hatte ich X mit meiner Aufmachung, meinem Benehmen ermutigt? Vielleicht, aber das gab ihm nicht das Recht, gewalttätig zu werden. Und ich erinnerte mich, wie froh ich zu Beginn dieses Abends gewesen war, welche Energie ich gehabt hatte. Ich hatte mich neu erfunden, den Sprung geschafft. Ich hatte mich schön gefunden. Die Zeichen, unter anderem das Muster, das meine herabfallenden Haare im Waschbecken ergaben, wenn ich sie mit meinen Fingern durchkämmte, hatten verheißungsvoll gewirkt, erotische Kurven, Überschneidungen waren zu sehen, ich hatte mich plötzlich wieder für die Menschen interessiert, war offen gewesen … Das alles war zerstört, ich war abgestürzt, in die Hände eines Vergewaltigers geraten …

Ich kehrte zu meinem Einsiedlerleben zurück. Meine alten Pläne interessierten mich nicht mehr, denn ich hatte ein neues Ziel: Ich würde X zur Strecke bringen, wie Jim Corbett, der Menschen fressende Tiger erlegt hatte. In der ersten Zeit verließ ich die Wohnung gar nicht mehr und dachte nur darüber nach, wie ich mich rächen könnte. Ich lebte Wasser und altem Brot. X hatte ich schnell über seine Bank gefunden, auf dem Computer-Monitor sah ich das Lächeln, das er für die Kunden aufgesetzt hatte, und verfluchte und verdammte ihn. Während ich darauf wartete, dass mein Gesicht heilte, so dass ich draußen nicht auffiel, plante ich meine nächsten Schritte.

Seh ich nicht gut aus, Doc? Allein die Wangenknochen sind doch Killer, oder? Ich könnte als Model arbeiten. Bringt Sie der Blick meiner grünen Mandelaugen etwa nicht durcheinander? Ich brauche Sie doch nur anzuschauen und Sie werden unruhig, versuchen Ihre Aufgeregtheit zu verstecken, durch besonders professionelles Verhalten zu überspielen, machen eine Notiz, tippen etwas auf der Tastatur, heben den Hörer Ihres Diensttelefons ab, drücken - ohne die Vorwahl Null, ich habe Sie durchschaut – willkürlich Tasten, tun so, als sei die Leitung frei, als hörten Sie das Tuten, warten, schütteln den Kopf, legen den Hörer wieder auf und wenden sich, mit der im Grunde verletzenden Frage ‚Wo waren wir stehengeblieben?‘, wieder an mich.

Mit Perücke und Sonnenbrille verkleidet, fuhr ich zu seiner Adresse. Er lebte in einem Reihenhaus in der Vorstadt. Spießig. Gardinenvorhänge. Araucana. Garten von blickdichtem Zaun umgeben. Sein teures Auto vor der Garage. Ich dachte an schwere Dinge, die ihm vom Dach auf den Kopf fallen könnten, wie Blumentöpfe, Sandsäcke, Klaviere. Wenn ich ihm den Kopf zermatschte, dachte ich, würde das sein Denken verändern, seinen Charakter, ihn vielleicht sogar für immer ausschalten. Aber als ich zuhause Möglichkeiten skizzierte, merkte ich schnell, dass es zu kompliziert war, zu unsicher, vor allem im Timing. Und wenn ich ihn stolpern und fallen ließe? Gerade wenn er etwas in den Händen hielt, Aktentasche und Autoschlüssel zum Beispiel, so dass er sich kaum noch abstützen konnte? Ungebremst würde er mit dem Gesicht voran in etwas hineinfallen, das ich vorher arrangiert hatte, etwa eine zerbrochene Bierflasche … Das würde ihn nur entstellen, das war mir zu wenig. Und auch dieser Weg war zu schwierig in der Umsetzung. Als ich mir einige Tage später das Bankhaus anschaute, sah ich sofort, dass in diesen gesicherten Räumlichkeiten wenig zu machen war. Dann fiel mir jedoch auf, dass X wie die meisten Bankangestellten in einer nahe gelegenen öffentlichen Tiefgarage parkte. Sofort als ich die Garage betrat, fühlte ich mich wohl im warmen, nach Abgasen riechenden Halbdunkel, das vom Tosen der Lüftungsanlagen erfüllt war und wusste, dass ich ihn hier verunglücken lassen wollte. Sein Auto war nicht zu übersehen, er hatte einen reservierten Parkplatz im ersten Tiefgeschoss. Als ich mich dem Auto näherte, stiegen die Erinnerungen an jenen Abend wieder auf, der Geschmack des Mojitos, der Gestank meiner Kotze, sein Parfüm, sein Gesicht, sein Schwanz, seine Schläge, seine Tritte und mir wurde schlecht. Ich riss mich zusammen, durfte nicht auffallen. Ich sah, dass einige Kameras an Pfeilern befestigt waren und ging bis zur Wand vor. Konnte ihm hier eine der Deckenplatten auf den Kopf fallen? Nein. Konnte ich ihn hier überfahren? Man würde das Auto nachverfolgen. Da fiel mir auf, dass am Fuß der Wand, vor der das Auto stand, Gitterroste über einer Betonaussparung lagen. Ich schaute durch das Gitter hindurch auf den Betonboden des Decks unter mir. Ich schätzte die Fallhöhe auf etwa drei Meter. Das war mir eigentlich nicht genug. Aber für einen Knochenbruch oder mehrere würde es reichen. Und vielleicht schlug er beim Fall mit dem Kopf auf dem Rand des Schachts auf … Kurz überlegte ich, ihn durch zwei Stockwerke fallen zu lassen, indem ich auf dem Parkdeck darunter ebenfalls das Gitter manipulierte. Ich rechnete die jeweilige Fallgeschwindigkeit aus. Ich erinnere mich, dass es im ersten Fall etwa 27 Stundenkilometer, bei 6 Metern etwa 39 Stundenkilometer waren. Ich schätzte meine Zielperson auf 80 Kilogramm Gewicht und überschlug die Aufprallkraft. Ich entschied mich für die erste Variante. Das wurde mir im Prozess übrigens als strafmildernd angerechnet, Herr Doktor, aber das wissen Sie natürlich. Zuhause versenkte ich mich in die Detailplanung. Zuerst einmal musste ich das Gitter vermessen und dann durch ein wenige Zentimeter kleineres ersetzen, das ich an drei Seiten durch Keile fixierte. Die Keile würden bei Belastung sofort nachgeben, so dass das Gitter mitsamt X in die Tiefe stürzen würde. Aber warum sollte er überhaupt auf das Gitter treten? Was konnte ihn veranlassen, nach dem Aussteigen aus seinem Auto in Richtung Wand zu gehen? Ich musste etwas an der Kennzeichentafel an der Wand ändern, so dass es ihm auffiel und er genauer hinsehen wollte. Es durfte nur nicht so auffällig sein, dass andere Tiefgaragenbenutzer genauer hinsahen. Nur ihm sollte es auffallen. Ein halb hinter sein Schild geschobener 50 Euro Schein - ideales Lockmittel für einen Bankbeamten - konnte auch anderen zum Verhängnis werden. Nein, die beste Idee schien mir, seine Buchstaben- und Zahlenkombination zu ändern. Nur er würde die Änderung bemerken, sich wundern und nahe herantreten. Außerdem gab mir das die Gelegenheit, eine versteckte Botschaft zu hinterlassen. Ich würde sein

Angeber-Kennzeichen K-IN-7 in K-OT-265 ändern, Kot und Kotze, wenn man es als Code las. Die offiziellen Vorgaben für ein Nummernschild fand ich im Internet. Ich druckte das Ganze mit meiner Kombination auf Kartonpapier mittlerer Stärke aus und schnitt es zu. Die Attrappe ließ sich sehr schnell mit Hilfe von Panzertape auf dem Original befestigen. Natürlich durfte ich mich nicht viel in der Tiefgarage blicken lassen. Um in der Tiefgarage unverdächtig zu erscheinen, beschloss ich, mich als Wartungsmitarbeiter zu tarnen. Dazu bestellte ich mir einen blauen Overall im Versandhandel, schnitt aus einem Stück giftgrünem Stoff ein großes Oval aus, das ich mit einem Schraubenschlüssel und den Worten ‚Wartung – R. Zoor' bedruckte und aufnähte. Wozu gibt es Tutorials, Herr Doktor? Wahrscheinlich könnte ich sogar Ihren Beruf durch ein paar Videos erlernen. Sie müssen ja eigentlich nur hinterm Tisch sitzen und mit halbem Ohr schrägem Zeug zuhören. Nichts für ungut, Doktor. Ich mag Sie. - Brrr! Nicht unruhig werden, Brauner. Scherz! Sie sind weder Pferd noch Nazi. Am ehesten vielleicht noch ne Tasse Kaffee, von nem hüftsteifen Kellner in nem Wiener Kaffeehaus lauwarm serviert. Wieder ein Scherz! Vielleicht werde ich übermütig, weil ich mir jetzt alles von der Seele rede, leicht werde wie ein Vogel, der hofft, einfach davonzufliegen, wenn er gesungen hat. To sing in Sing-Sing - ein alter Witz von mir. Übermütig und leichtsinnig. Denn immerhin kann ich von Ihnen, lieber Herr Pillendreher, in den Vollzug zu den harten Jungs geschickt werden. Können Sie das stoppen, dieses Karussell in meinem Kopf mit den schwebenden Pferden, die nirgendwo ankommen. Zorro reitet wieder! Die Peitsche, eine angriffslustige Schwarze Mamba, zischt als dunkler Blitz, trifft, beißt, hinterlässt ein Zeichen, ‚Z' wie Zorro. Er würde X mit Narben zeichnen. Zur Mahnung. - Ich vergesse immer, dass ich mit dem, was ich hier zu Papier bringe, verrückt wirken muss, sonst bin ich ja strafvollzugsfähig. Deshalb lege ich ein benutztes Blatt Klopapier bei. Ach, ich bin heute einfach zu übermütig! Dabei wird es hier immer leerer um mich herum, denn jetzt wurde ja auch die Nervöse entlassen. Aber wem erzähle ich das? Sie haben ja ihre Papiere unterzeichnet. Sie hat gar nichts mitgenommen, nur gesagt „Ich brauch das Zeug nicht. Macht's gut, ihr Eierköpfe" und ist den Gang entlang gegangen. Sie ließ sich die Tür aufschließen und war weg. Mal sehen, ob sie mir fehlen wird. Wahrscheinlich schon ein bisschen, ich hatte mich an sie gewöhnt. Aber wo war ich stehengeblieben? Zuerst musste ich den Gitterrost ausmessen. Sarah hatte, als ordentlicher Mensch, einen Werkzeugkasten. Darin war, wie ich wusste, ein Maßband. Ich hatte mich entschieden, den Gitterrost einfach durch ein viel schwächeres Drahtgitter zu ersetzen. Es sah zwar etwas anders aus, das würde aber im Schummer-Licht der Tiefgarage nicht auffallen, höchstens im letzten Augenblick, dann aber würde es zu spät für X sein. Den Volierendraht konnte ich einfach zuschneiden und auflegen, er trug überhaupt kein Gewicht, so dass X sofort in die Tiefe rauschen würde. Was sagen Sie, Herr Doktor? Das alles zeugt doch von der Logik meines Verstandes. Auch wenn ich mir damit selbst den Boden unter den Füßen wegziehe, ha!, aber ich bin stolz auf mich. Nie war ich klarer, zielstrebiger. Ich zog mir meinen Blaumann an und fuhr, die Werkzeugtasche auf dem Gepäckträger, mit dem Fahrrad in die Innenstadt. Dort begab ich mich in die Tiefgarage, ging zur betreffenden Wand, als sei es das Natürlichste von der Welt und nahm das das Außenmaß des Gitters. Es betrug 1200 x 1000 Millimeter. Nachdem ich noch die Maschenweite mit 30 x 30 Millimeter gemessen hatte, verließ ich die Garage wie nach einer kleinen Routinearbeit. Ich fuhr zum nächsten Baumarkt und suchte nach dem passenden Drahtgitter. Während ich durch die Gänge mit den aufgestapelten Schätzen für Heimwerker glitt - ich benutzte den Einkaufswagen wie ein großes Skateboard -, glotzten mich einige dieser Typen an, als sei ich ein Alien. Männer, die irgendwie den Werkzeugen ähnlich geworden waren, mit denen sie umgingen oder von denen sie träumten: Winkelschleifer, Hobel, Bohrer, Säge, Hammer ... alles war vertreten. Ich war froh, als ich mit meiner Rolle Volierendraht der Marke ‚kraptrap‘ - ein herrlicher Name für meine Falle! -

wieder draußen war. Zuhause schnitt ich das Gitter mit einer Kneifzange auf die Gittergröße zurecht, nahm aber auf allen Seiten zusätzlich 5 mm weg, damit das Ding noch besser fiel. Während ich an dem Gitter arbeitete, musste ich an die vielen Stürze in den alten Laurel & Hardy – Filmen denken, stellte mir vor, wie X fiel und wie ein Mehlsack mit einem ‚fump!' auf dem Betonboden ein Geschoss tiefer landete, und freute mich über meinen Plan. Anschließend beschwerte ich das Gitter, das sich, weil es von der Rolle kam, stark krümmte, mit Backsteinen, um es zu glätten, es musste ja ganz eben auf dem Schacht aufliegen.

Ich hatte eine Skizze des Parkdecks angefertigt, die Positionen der Kameras eingezeichnet und mehrere tote Winkel gefunden. Den Bereich, in den ich mich nach dem Aufbau der Falle zurückziehen wollte, um zu beobachten, hatte ich schraffiert. Es ergab sich ein Dreieck, dessen Basis an einer Wand in der Nähe lag. Von dort aus musste es möglich sein, eventuell über Autodächer hinweg, von den Kameras unentdeckt, das Geschehen zu verfolgen. Denn ich wollte sehen, ob es funktionierte. Mir fiel ein, dass es besser war, mich zu verkleiden, also eine Verkleidung unter der Verkleidung zu tragen, um die Auswertung der Kameraaufzeichnungen und die Zuordnung von Personen zu erschweren. Erst dachte ich daran, mich wie ein Banker zu kleiden, aber ich hatte keinen Anzug. Dann erschien mir das Tragen eines Kleids von Sarah als geniale Idee, die Rache einer Frau, der weiblichen Seite in mir ..., ich kann mich an meine Gedanken nicht mehr so genau erinnern. Ich würde die weißblonde glatte Perücke aufsetzen, die ich in Sarahs Wohnung gefunden hatte, vielleicht eine Perücke ihrer Mutter aus der Zeit nach der Chemotherapie. Sarah hatte mir mal so etwas erzählt. Jetzt musste ich nur noch den Tag festlegen. Zu dieser Zeit waren Zahlenkombinationen für mich voller Bedeutung, meine Lieblingsziffer war die 8, Unendlichkeit vertikal, Vorzeichen des Glücks, sexy, weil die 8 aussah wie Busen und Po aneinandergeklebt, dazu die 2, schwanengleich gleitend über tiefe Wasser oder den schwarz spiegelnden Fluss des Vergessens. Deshalb fiel meine Wahl schnell auf den zweiten August. Das hieß, ich musste noch zwei Tage warten. Zwei war für mich auch die Zahl, die durch Wiederholung Geschehenes aufhob, ungeschehen machte. Das führte manchmal zu zwanghaften Handlungen. Alle moralisch nicht einwandfreien Handlungen musste ich zweimal ausführen, oder viermal, sechsmal, achtmal, und so weiter, ein Vielfaches von zwei eben, verstehen Sie? In Gedanken ging ich meine Tat immer wieder durch, stellte mir Szenarien vor, die eintreten konnten. Wenn X die Änderung seines Kennzeichens nicht bemerken würde, käme ich am Nachmittag wieder in die Garage. Wenn X sich am

Schachtrand festklammerte, würde ich zu ihm gehen und ihm auf seine Hände treten, bis er losließe. Das wäre natürlich sehr riskant, denn er würde mich trotz Verkleidung wahrscheinlich wiedererkennen. Für diesen Fall besorgte ich mir eine Batman-Maske. Auch das Entkommen aus der Tiefgarage wäre dann schwieriger, denn X würde länger schreien, andere würden mich sehen und so weiter. So drehten sich in meinem Kopf die Gedanken wie ein Mühlrad.

Als der Tag X für X gekommen war, transportierte ich das sperrige Gitter in einem selbstgebastelten Tragegestell auf meinem Rücken zum Zielpunkt. Die Stadt war noch ruhig. Ein wunderbarer Sommermorgen. Ich hatte alles vorherbedacht und fühlte mich gut, ich war die Ruhe selbst. In der Tiefgarage war noch kein Betrieb. Ich ging zur Wand, kniete mich hin und zog den 25 Kilogramm schweren Gitterrost - ich hatte mich über sein Gewicht informiert – zur Seite. Jetzt legte ich mein leichtes Drahtgitter über den Schacht. Es lag gerade so eben an den Rändern auf. Anschließend klebte ich den vorgefertigten Pappkarton auf das Kennzeichen an der Wand. Auf den ersten Blick sah das Schild täuschend echt aus. Mit gesenktem Kopf, damit die Kameras mein Gesicht nicht erfassten, ging ich in meinen Winkel, schlüpfte aus dem Overall, unter dem ich Sarahs Sommerkleid trug, setzte die Perücke auf, wechselte die Schuhe. Ich musste nicht lange warten. Alles lief planmäßig. X hatte das Schild gesehen und marschierte energischen Schritts, offenbar verärgert, auf die Betonwand zu. Die Anspielungen, dachte ich, hatte er sicher nicht verstanden, dazu war er zu beschränkt. Ich sah über das Dach eines Autos hinweg, wie sein Arm im grauglänzenden Anzugstoff in Richtung meines Pappschilds vorstieß, um es abzureißen … da war er plötzlich verschwunden. Zeitgleich war ein kleiner Schrei zu hören und sofort darauf der dumpfe Schlag des Aufpralls im Stockwerk unter uns. Mir wurde ein wenig schlecht. Ich hörte nichts mehr. Er musste bewusstlos sein. Das war gut: Er schrie nicht. Ich riskierte nicht, noch einmal zum Schacht zu gehen, um nachzusehen. Unauffällig bewegte ich mich zum Ausgang, wieder mit gesenktem Blick. Diesmal aber bemühte ich mich um einen weiblichen Gang. Draußen versuchte ich aufs Fahrrad zu steigen, doch das ging im Sommerkleid nicht, ich hätte es weit hochschieben müssen. Also schob ich das Fahrrad, langsam und mit weichen Knien. Als ich zuhause ankam, wurde mir so schlecht, dass ich mich übergeben musste. Durch dieses zweite Sich-Übergeben im Zusammenhang mit dieser Geschichte fühlte ich mich erst jetzt gereinigt, verstehen Sie, was ich meine, Herr Doktor? Die ‚2'. Die Geschichte war abgeschlossen. Es war vorbei.

So dachte ich zumindest … lebte eine Zeitlang weiter in meinem Saustall, tat bei den ein, zwei Telefonaten mit Sarah, als sei alles in Ordnung, hatte Geldnöte, bat meine Tante, die damals noch nicht im Seniorenheim war, um Geld, besuchte sie, die Sehr-Vergessliche, und klaute ihr Geld. Wir hatten uns nie viel zu sagen gehabt und das Wenige war noch weniger geworden. Ich saß in ihrem Wohnzimmer. Sie machte Kaffee in der Küche. Das dauerte. Also konnte ich die üblichen Verstecke durchsuchen. Fand eine Schatulle mit Geldscheinen, nahm einige heraus. Beim nächsten Mal ging ich in den Flur, nahm ihr Portemonnaie aus ihrer Tasche, öffnete es auf der Toilette, steckte mir genug für ein paar Wochen ein. Sie merkte es wohl eines Tages, denn von da an ließ sie mich nicht mehr in ihre Wohnung, fand immer neue Gründe dafür, sagte, es gehe ihr nicht gut, sie habe Kopfschmerzen, Schwindel, einen Arzttermin … Ich fand einen kleinen Job in einem Getränkemarkt, stapelte Wasser- und Bierkästen, schob Paletten herum, half Leuten beim Einladen. In dieser Zeit begann ich, wieder nach einem Ziel zu suchen, ging meine Prominentenliste durch, dachte darüber nach, an wem ich mich noch rächen könnte. Kam auf den Filmregisseur in Paris zurück, fing an zu planen, ich hatte Ihnen davon erzählt. Die Vorbereitungen waren komplex und nahmen immer mehr Zeit in Anspruch. Eines Nachmittags, es war immer noch Sommer, die Mauersegler schrien, das weiß ich noch, ihre Schreie durchschnitten die heiße Luft wie sie selbst … Also an jenem Nachmittag im vergangenen Sommer, lag ich nackt auf Sarahs schmutzigem Bett und spielte gedankenverloren mit ihrem Slip, Sperma lief aus meinem Schwanz, als plötzlich die Wohnungstür aufgeschlossen wurde. Im nächsten Moment stand Sarah vor mir am Bett. Ihr angewiderter Blick, ihre zitternde Stimme ... Sie sagte, ich sei ein Schwein. Ich hatte inzwischen die Bettdecke über mein Geschlecht gezogen. Ich solle mich anziehen, aufräumen, abhauen. In zwei Stunden komme sie wieder, dann müsse ich weg sein. Ich wusste, dass es keinen Zweck gehabt hätte, etwas zu sagen. Es war die schlimmste Minute meines Lebens. Auch jetzt in der Erinnerung noch unerträglich. Mit Tränen in den Augen schlüpfte ich in meine Hose, stopfte meine Sachen in zwei große Müllsäcke, räumte meine Pläne zusammen. Dabei fiel mein Blick auf die Problemstellung, an der ich gerade arbeitete, und sofort bosselte ich weiter daran herum. Anstatt sauber zu machen, saß ich da und dachte darüber nach, mich per Post in einem großen Paket an die Adresse des Regisseurs liefern zu lassen, so käme ich in sein Haus hinein ... Ich weiß nicht, wieviel Zeit vergangen war, als es an der Tür klingelte. Sofort geriet ich in Panik, denn nie hatte jemand an dieser Tür geklingelt. War es Sarah, die feststellen wollte, ob ich, wie vereinbart, verschwunden sei, bevor sie hereinkam? Lautlos schlich ich zur Tür und lauschte. Da schrie jemand, ich solle aufmachen, man wisse, dass ich da sei. Zitternd öffnete ich, wurde sofort grob von Uniformierten gepackt, durchsucht, einer verdrehte mir den Arm auf dem Rücken und führte mich ab. So landete ich auf der Wache und dann in Untersuchungshaft. Von Sarah hörte ich erst einmal nichts. Später erfuhr ich, dass die Polizei noch am selben Tag die Wohnung durchsuchte. Vielleicht war Sarah dabei, voller Ekel und irgendwann weinend. Ich erfuhr auch, wie sie mir auf die Spur gekommen waren. Sie hatten X nach einem halben Jahr noch einmal alle Aufnahmen der Überwachungskameras vorgespielt und dabei hatte er mich schließlich in dem Monteur erkannt. Ich war zu schlecht verkleidet gewesen, ratterte es mir sofort durch den Kopf, hatte mich vielleicht durch meine Körpersprache verraten oder eine Kamera übersehen, so dass X mein Gesicht hatte genauer mustern können. Ich wollte aber nicht an X denken. Sie verhörten mich, während ich nur an Sarah dachte. Sie hatten all meine Planungen gefunden, nicht nur die für die Rache an X, das war auch nicht schwierig, sie hatten ja offen herumgelegen. Sie hatten alles, die Liste von Zielpersonen, Zeichnungen, Recherchen, belastendes Material, das sich in Sarahs Computer angehäuft hatte. Ich legte ein Geständnis ab. Gleichzeitig merkten sie wohl, dass sie es mit einer Person am Rand der Normalität zu tun hatten. Dass ich krank war, wurde dann während des Prozesses offensichtlich und rettete mich vor dem Gefängnis, wie Sie wissen. Allerdings verbrachte ich einige Monate in Untersuchungshaft. Und das hier ist natürlich auch eine Art Gefängnis.

Während der U-Haft saß ich in meiner Zelle, beobachtet von Wachmännern. In meiner Zellentür war ein Guckfenster. Der Wachmann, mit dem ich meistens zu tun hatte, war niemand, dem ich hätte irgendetwas erzählen wollen. Er war völlig stumpf, interessierte sich offenbar für nichts. Wahrscheinlich sah er mich als Kranken oder Pervertierten, vor dem es ihn ekelte. In den drei Monaten, die ich dort war, richtete er kaum ein Wort an mich. Es war wie im Stummfilm. Nur Mimik und Gestik. Ein schnauzbärtiger Uniformträger mit Pistole im Halfter, ganz wie die Polizisten in den alten Filmen. Seine Bewegungen wurden in meinem Kopf von dieser furchtbaren Stummfilm-Klimpermusik begleitet, einem unerträglich munteren Tastenplingpling, das sich aber mit der Zeit zu einem bedrohlichen Gewitter zusammenbraute. Ich hatte ihn schon lange satt, bis mir endlich einfiel, wie ich etwas für meine Sache, nämlich die Einstufung als Therapiefall, tun und ihn gleichzeitig loswerden konnte. Als er wieder mit seiner ewiggleichen Minimalpantomime begann, mit einem Kopfrucken, das bedeutete, ich solle die Zelle verlassen, auf dem Gang dann gefolgt von einem langsamen Nicken in Richtung der gegenüberliegenden Wand, das mir befahl, dort zu warten, während er meine Zelle abschloss … gut, ich mache es kurz, Herr Doktor. - Als er sich mir zuwandte, verzog ich plötzlich mein Gesicht, trat einen Schritt auf ihn zu und schrie. Wortlos, kreischend, heulend. Als er nach seiner Waffe griff, warf ich mich auf den Boden. Es kann sein, dass dieser Schrei das Gericht von der Notwendigkeit der Einweisung in eine Nervenklinik überzeugte. Dem formelhaften Gerede von Richter, Verteidiger und Staatsanwalt hatte ich zu keiner Zeit - im Kreuzworträtsel: nie - folgen können. „Mein Mandant ist sich der Schwere seines Vergehens bewusst, macht jedoch geltend, Euer Ehren, Reue nähren, mit Verlaub, wir wollen doch keine Kasuistik in dieser Causa betreiben, wir nehmen Bezug - ich dachte an Sarahs Schlafzimmer - auf den Paragrafen …, Milderungsgründe, hier kann keine Rede sein von einer wie auch immer gearteten, aber es steht außer Frage, dass, wir müssen uns hüten, und ich sage das mit Nachdruck, das verlangt schon der gesunde Menschenverstand, Einhalt zu gebieten, hier wird meines Erachtens versucht, dem Gericht ein X für ein U vorzumachen, der Angeklagte handelte in heimtückischer Absicht, nur hinter Schloss und Riegel, dabei nahm er sogar den Tod der Zielperson billigend in Kauf, ich bitte Sie, das geht doch aus dem ärztlichen Gutachten zweifelsfrei hervor, aus diesem Grund fordert die Anklage, deshalb plädiert die Verteidigung, nehmen Sie das ins Protokoll, schauen Sie sich Ihr Opfer an, Herr Angeklagter, das ist ja wohl das Mindeste,

140

auf Gehhilfen angewiesen, zu richten obliegt einzig der Justiz, verstiegene Ideen, wir haben es mit einer Gefahr für unsere Gesellschaft zu tun, sittlich zweifelhaft, so etwas wie Bedauern ist Ihnen wohl fremd? Wenn man so jemandem Tor und Tür öffnet, vermindert schuldfähig, gestatten Sie mir, dies anzuzweifeln, verzerrte Wahrnehmung, wir dürfen hier kein laisser faire walten lassen, empfinden Sie Mitleid mit Ihrem Opfer? Lassen Sie uns doch mit gebotener Umsicht, ich erhebe Einspruch, was geht in diesem Menschen vor? Das wollen wir nicht in Abrede stellen, es heißt abzuwägen, wer garantiert dem Gemeinwesen, dass er mit seinen Plänen? Im Gegenteil, eine Auseinandersetzung mit dem Bösen, Euer Ehren, Feuerbeeren, die Anklage versäumt es, Wiederkäuer nähren, la vache qui rit, Lawasch, Lady Macbeth, niemand wird ernsthaft bezweifeln, Gemäuer kehren, hier bin ich genötigt zu widersprechen, Heuerfähren, willfährig, Sie wollen der Verteidigung doch nicht unterstellen, nichts läge mir ferner, ich verweise auf die psychiatrische Expertise, er gaukelte seinem Opfer vor, ein Zitronenfalter, er machte aus meinem Mandanten einen Schwergeschädigten, hier steht Aussage gegen Aussage, lassen Sie doch Ihre Spiegelfechtereien, eiskalt, eiskaltes Händchen, das Mädchen mit den Streichhölzern, darf ich hier einhaken?, was geht in diesem Kopf vor?, fällt er gerade wieder ein Todesurteil?, Heu vermehren, was maßt dieser Mensch sich an?, wenn es so einfach wäre, nein, wir haben es mit einer bedrängten Seele, das ist kein Poesieseminar hier, Herr Kollege, erbarmungslos, Clint Eastwood, vollstreckte er, halten wir uns doch an das, was, halten wir fest, dass das, dasselbe, verheerend, so ergeht folgendes Urteil, der Angeklagte … Habe ich Sie gelangweilt, Herr Doktor? Das war meine Absicht. Sie sollten sich so fühlen wie ich an jenen Verhandlungstagen. Ich erinnere mich an den Lärm der gelegentlich unten vorüberfahrenden Straßenbahn, den Blick aus dem Fenster, das Geschrei der Mauersegler, immer wieder die Mauersegler, werden Sie sagen, ja, schnelle, schwarze, scharfe Sensen, die die Köpfe Unsichtbarer vom Rumpf trennten, bis das Abendrot ins Hellblau hineinblutete, sich ausbreitete, das Schreien, die Schreie …

Das Ergebnis der Verhandlung ist Ihnen ja bekannt, wie ich an anderer Stelle schon sagte, hier bin ich, ich stinke, also bin ich, ich trinke, also bin ich, alles genauso richtig wie ich denke, also bin ich, sogar ich schmink mich, also bin ich. Mir geht es nicht gut, Doktor. Wenn ich die Zügel schießen lasse … Da sind Bilder in meinem Kopf. X im Rollstuhl konnte ich nicht anschauen, er tat mir aber auch nicht leid, bis ich vom Gang des Gerichtsgebäudes, über den man mich führte, durchs Fenster sah, wie er in ein Auto gehievt wurde, kaputt, und ich hatte ihn kaputt gemacht … ein Durcheinander von Bildern …

Ich muss aufpassen und das strengt mich so an ... Warum kümmert sich denn niemand um mich? Alle wissen alles und allen ist es egal. Bei einer Tasse Kaffee und einem Stück Apfelkuchen ein wenig plaudern ... Welch Glück! Wenn ich nur die Gelassenheit hätte! Ach, Doktor, es ist so schwer! Als ich hierherkam ... wir sind hier doch alle wie Sardinenbüchsen überm Verfallsdatum, wenn jemand ein bisschen am Blechdeckel zieht, dann öffnet sich die Büchse der Pandora einen Spalt, entsetzlich, nicht auszuhalten, für Sie aber ein alltägliches Gabelfrühstück, Herr Doktor. Ich weiß nicht, was ich noch schreiben soll, aber Sie werden mich doch nicht rausschmeißen, wenn ich mich anstrenge, und Sie sehen ja, dass ich mich anstrenge. Es gibt Essen, nein, ich bin ehrlich, das stimmt gar nicht, es ist noch nicht soweit, das habe ich nur behauptet, um abbrechen zu können, es ist elf Uhr vormittags, ein langer Tag liegt noch vor mir, endlos wie ein Hochsommertag, dessen Grelle dem Traurigen zeigt, wie egal er den anderen Menschen ist, die sich mit Freunden treffen, schwimmen gehen, eins sind mit ihrer Existenz. Diese endlosen Sommertage haben mir immer zugesetzt, haben mir gezeigt, dass ich nicht dazugehöre, haben mich gezwungen, an Orte zu gehen, an denen ich eigentlich nicht sein wollte, zu schauspielern, mir ginge es gut, vorzutäuschen, ich freute mich über die glänzenden Oberflächen. Das gleißende Licht wütete auf der Haut, im Kopf, ließ in mir einen Nebel entstehen und einen Hass auf die Welt, wie sie sich präsentierte, auf die Menschen, wie diese sich gaben, eine Hassliebe, durchglüht von der Sehnsucht, dazuzugehören. Ich verkroch mich in meiner Körperhülle wie ein Einsiedlerkrebs, ich gehörte nicht zu dieser Welt, sie machte mich traurig, ich kam mir wie von mir selbst hineinprojiziert vor. Das Einzige, was mich tröstete, war der Schatten, den mein Körper warf, mein Schatten, in dessen Dunkel sich meine Augen ausruhen konnten. Solch ein endloser Tag steht mir jetzt bevor. Zum Glück wird die Frühlingsdunkelheit schon ab sieben beginnen, herabzusinken und die Welt draußen auslöschen. Ich weiß nicht weiter.

Bin ich Ihnen nicht krank genug? Wenn ich es Ihnen beweisen wollte, wäre das genau falsch, denn das hieße ja, ich wäre einfach nur berechnend. Der Geisteskranke ist doch vor allem unheimlich, weil er nicht weiß, dass er geisteskrank ist. Vielleicht hat er Angst davor, verrückt zu werden, ist es aber schon. Gerade der sich rational Gebende ist der Gestörteste und Gefährlichste. Insofern stecke ich in einer Lose-lose-Situation, Herr Doktor. Aber ich sage Ihnen etwas: Ich scheiß drauf! Letztlich wollen Sie mich doch dahin bringen, dass ich nicht wieder Rachefeldzüge führe. Sie wollen mich therapieren. Oder haben Sie mich schon aufgegeben? Denken Sie bitte an den Eid des Hippokrates. Aber vielleicht haben Sie mich als leichten Fall eingestuft, dem ein bisschen Haft nicht schaden kann. Geben Sie mir eine Chance, Herr Doktor. Wie wäre es, wenn ich Ihnen die Arbeit abnehme und mich selbst therapiere? Sie setzen sich einfach entspannt in einen Schaukelstuhl, hören mir zu, hin und wieder nickend. Oder einnickend. Ich versuchs mal. Sie kennen sicher den Spruch ‚Nach dem Spiel ist vor dem Spiel‘. Der hat mich mmer verwirrt. Denn irgendwann einmal ist es eben nach dem Spiel und es gibt kein weiteres mehr. Es war das letzte Spiel. Plötzlich merkt man, dass das eigene Leben misslungen ist, und dass es zu spät ist, etwas zu ändern. Und dann stirbt man. So sterben viele, denke ich. Es lässt sich nichts mehr gutmachen, es gibt keine Hoffnung mehr, man hat umsonst gelebt, also gibt man auf und stirbt. Wiederhole ich mich? Aber die Wiederholung gehört doch zu jeder Therapie - oder, Herr Doktor? Macht es Ihnen Spaß, mir dabei zuzuhören, wie ich mich selbst therapiere? Doch wahrscheinlich überfliegen Sie das alles hier nur. Analytisches langweilt sie schon lange. Ich versuche mir vorzustellen, was Sie mir raten würden.

Jetzt, nach unserem Gespräch, weiß ich plötzlich, wie es weitergeht. Sie haben mich gefragt, wie ich mich selbst sehe. Da erst wurde mir klar, dass ich nicht wie eine Tasse in zwei oder drei Teile zersprungen bin, eine Tasse, die man wieder zusammenkleben kann, nein, ich bin in so viele Stücke

zersplittert, dass man mich nicht reparieren kann. „Also?",
haben Sie gefragt. Also, also, also. Sie sind doch der Arzt! Sie
haben den Kopf geschüttelt wie ein Zen-Mönch nach der
enttäuschenden Antwort eines Zöglings. „Seien Sie selbst Ihr
Arzt", haben Sie gesagt. „Ich muss mich neu
zusammensetzen", fiel mir ein. „Woraus?" Ihr forschender
Blick. „Aus den Teilen von mir, die mir gefallen?" Sie haben
genickt und die Sitzung beendet. Also werde ich das
versuchen. Ich sehe wichtige Momente, Szenen meines
Lebens, die mir gefallen und mich stärken. Das
Wassermelonenessen in Italien an der Adria, gemeinsam mit
meinen Eltern und Geschwistern - meine Eltern tropfnass aus
dem Wasser kommend, erschöpft und glücklich - die Späße
mit meinen Geschwistern im Auto, das Singen von Liedern -
ein langes Dribbling über das gesamte Fußballfeld,
abgeschlossen mit coolem Trick und Tor, der Beifall der
anderen – das Bodysurfen in den Mereswellen, Teil der Welle
zu sein und weich auf den Sand zu sinken, umgeben von der
Gischt der ans Ufer weiterlaufenden Welle, der Blick vom
Wasser aus auf grüne Hügel und tiefblauen Himmel, die
berauschende Meeresluft mit dem Duft von Oleander und
Kokosöl darin, der warme Sand unter den Füßen, die im Licht
der Abendsonne glitzernden kalten Wassertropfen aus der im
Sand stehenden Dusche – Küsse, wenige - das lange Lesen des
Bands ‚Die Gefangene' von Proust – Zitronenduft - das lange

Reden mit einem Freund – ein Film mit Marilyn, allein in einer Nachmittagsvorstellung im Kino – durch den Regen zu fahren in einem Fernbus, den Regentropfen dabei zusehend, wie sie über die Scheibe laufen – ein Zitronenfalter – mit meiner Mutter unter der Markise bei einem Sommerregen – das Malen mit chromdioxidgrüner Ölfarbe, mit Azurblau, wenn das Weiß des Papiers, des Untergrunds etwas durchschimmert – die Geräuschkulisse in einem Café, der Duft des Espressos – plötzlich ein tiefes Glücksgefühl zu haben, während ich vor einem Supermarkt auf den Horizont schaue – Sarah - das Rauschen und der Duft von Pappeln - Glühwürmchen im Gartendunkel - der Duft der Lindenblüten, der Baum an meinem Fenster … Das alles gehört zu mir. Darauf aufbauen …

Sofort als ich mich an so vieles Schöne erinnert hatte, an Augenblicke, die mir immer wieder plötzlich einfallen, aus dem Nichts zu kommen scheinen, bin ich vom Zimmer auf den Gang gegangen, dort war die Kaffestunde angebrochen und ich sah einen alten Patienten, der mit zitternder Hand versuchte, eine Rosinenschnecke vom Servierwagen auf einen Teller zu bugsieren. Ich nahm eine Serviette und legte ihm die Rosinenschnecke auf seinen Teller. Er war so erschöpft, dass ich ihn zu einem Stuhl führte, auf den er dann plumpste. Ich zapfte ihm und mir Kaffee aus der großen Thermoskanne ab und setzte mich ihm gegenüber. Es dauerte, bis er den ersten Bissen nahm mit seinen dritten Zähnen. Er kaute bedächtig und schluckte. Sein Kehlkopf hüpfte am faltigen Hals, der aus seinem Bademantel ragte. Dann erst schaute er auf, sah mich an und sagte ganz langsam und mit rauher Stimme „Danke". Dann aß er weiter. Ich war so stolz auf mich, glücklich. Ein guter Anfang. Es gibt andere Menschen, also bin ich. Was sagen Sie dazu, Herr Doktor?

Sarah und ich treffen uns in einem Café: Sie hat mir verziehen, umarmt mich und ihre Lippen berühren meine Wange. Sie lächelt und ich sehe ihre großen Zähne, der eine ihrer Schneidezähne ist ein kleines bisschen dunkler als der andere. Ein paar Tränen steigen mir in die Augen, sie sieht es und umarmt mich noch einmal. Sie fragt, wie es mir gehe und ich beschreibe ihr die Wohngemeinschaft, in der ich seit der Entlassung wohne. Ich entschuldige mich noch einmal für alles. Sie ist in eine andere Stadt gezogen, erzählt ein wenig davon und von Afrika. „Ich hatte eine Freundin in Afrika", sage ich und sie schaut mich ein wenig besorgt an. Aber das vergeht schnell und wir verstehen uns gut. Als wir gemeinsam aus dem Café auf die Straße treten, umarmen wir uns nochmal, ihre warmen braunen Augen glitzern, ich meine, mich darin zu spiegeln, ihre Haarwellen umgeben mich kurz, es ist wie früher, ich rieche den Duft ihrer Haut, dann geht sie davon mit lässigen Schritten, dreht sich noch einmal um, hebt ihre schöne Hand, geht weiter, bleibt stehen, zündet sich eine Zigarette an und verschwindet um eine Ecke. Ich hoffe, ich werde sie wiedersehen.

Ihr Haar roch nach grünem Apfelshampoo. Nur ein Traum. Meine wimpernlosen Augen. Mein nackter heller Blick. Mehdis dunkler Blick. Die Wimpern wippten auf und ab wie die Flügel eines samtbraunen Schmetterlings. Wenn ich morgens aufwachte, früh, innerlich unruhig, bedrückt von Träumen, und hinüberschaute zu seinem Bett, seinen lockigen Kopf sah, dunkel auf dem weißen Kissen, war ich getröstet. Die Gurke schlief immer so lang wie möglich, die Decke bis zu den Ohren hochgezogen. Wenn sie dann völlig verwuschelt aufwachte und die Kulleraugen öffnete, wirkte sie immer überrascht, die großen Augen, das Weiß, das das Braun umgab, wie Schnee eine Holzhütte, wie Milch eine Nougatpraline. Er sprach nicht viel, sagte nur manchmal Sätze wie „Ich haben ein Fehler gemacht". Er nahm sein Schicksal an und wollte ein guter Mensch sein. Irgendwie duftete er immer ein bisschen nach frischem Baguette und sein Dreitagebart kratzte unglaublich – bei den seltenen Malen, als wir uns umarmten und ich seine Wange mit meiner streifte.

Ich kann es immer noch nicht glauben, dass sich bald die Tür vor mir öffnen wird, dass ich die freie Luft einatmen und wie beschwipst weitergehen werde, so weit ich will. Nicht ganz natürlich. Ich würde die Stadt nicht verlassen dürfen und mich an die Auflagen halten müssen. Ich würde neu anfangen, einfach versuchen, ein guter Mensch zu sein – wie Mehdi. Und ihn vielleicht schon in ein paar Tagen besuchen.

Mein Betreuer holt mich am Haupteingang ab. Ein gemütlicher Bärtiger, der mit mir in der Straßenbahn zum Hauptbahnhof fährt – so wie ich in meiner Phantasie mit der Gurke. Alles glänzt frisch, die jungen grünen Blätter, die noch ein wenig schrumplig sind, weil sie sich gerade erst entfalten, unglaublich grün, eine leichte Brise weht den Duft der Lindenblüten um uns und eine ganze Allee entlang, Blüten regnen herab. Wenn ich allein wäre, würde ich tanzen. An einem Balkon blüht eine Glyzinie, ergießt sich wie ein lilafarbener, duftender Wasserfall zu mir in die Tiefe des vom Sonnenlicht durchflimmerten Baumschattens. Wir betreten eine alte Villa, der Betreuer zeigt mir das Zimmer, in dem ich meine Tasche abstelle. Der Blick geht in einen Gemeinschaftsgarten mit ein paar Pappeln im Hintergrund, deren Blätter silbrig glänzen. Ich öffne das Fenster und ein Balsamduft kommt herein. Dann sitzen wir mit den drei anderen Bewohnern in der großen Küche. Ein hagerer Typ mit einem nervösen Schniefen trinkt Kaffee. Er scheint sich an seiner Tasse festzuhalten und sagt gar nichts. Auch eine traurig-verträumt wirkende Frau, die mich immer wieder anlächelt, sagt nichts. Eine grauhaarige Frau mustert mich etwas streng und erklärt mir die Regeln. Kurz darauf sitze ich allein in meinem Zimmer und sehe zu, wie die Dämmerung sinkt. Die blaue Stunde macht mir zu schaffen, aber ich stelle die Möbel um und wenn ich in den Garten schaue, sehe ich weg von den bläulichen Schatten, die aus den Ecken kriechen, und blicke nur in die glitzernden Wipfel der Bäume. Ich mache ein wenig Gymnastik, die ich in der Klinik gelernt habe. Um niemandem zu begegnen, gehe ich spät ins Bad. Aus den Zimmern kommt kein Laut. Ich schlafe schlecht. Auch am nächsten Morgen ist das Haus völlig still. Es ist noch sehr früh.

Das also ist die Straße, in der Mehdi wohnt, und das ist das Haus. Ich habe Baklava für ihn gekauft, das Paket baumelt an meinem Finger. Inzwischen ist es zwölf. Meine Gestalt spiegelt sich im Fenster neben der Tür. Ein schwarzer Schemen. Ich beschließe, das nicht als schlechtes Zeichen zu sehen. Plötzlich höre ich seine Stimme. Er lehnt aus einem Fenster oben, ich sehe seinen Wuschelkopf. Ich soll um das Haus herumgehen. Unter blühendem Holunder öffnet er mir eine Gartentür und umarmt mich. Da ist er wieder, sein Duft nach frischem Baguette. Wir trinken echten Minztee und essen das Gebäck. Ein Rotkehlchen fliegt um uns herum, als wolle es uns etwas sagen. Ich frage nach seinem Freund und er sagt, es sei aus. Er suche das einfache Leben, koche in einem kleinen Restaurant. Ob ich zu Mittag bleiben und eine Tagine mit ihm teilen wolle? Er kocht in seiner kleinen Küche und ich schaue ihm zu. Es duftet nach Petersilie, Koriander, Kreuzkümmel und Zimt. Er lässt mich probieren, es schmeckt wunderbar. Der Nachmittag vergeht mit Essen, Musikhören, er zeigt mir Fotos von seiner Familie und von seiner Heimat. Wir spielen ein bisschen Fußball im Garten und er zeigt mir ein paar Tricks, die ich alle nicht nachmachen kann. Wir lachen und erinnern uns an die Zeit in der Klinik. An die Nervöse, an den Zitteraal, ein paar Krankenpfleger und -schwestern, Ärzte. Es wird dunkel, von der Wiese steigt Duft auf.

Aber das alles war nicht so. Ich war immer noch in der Klinik. Hatte keinen Platz im Betreuten Wohnen. Es gab keine Treffen – weder mit Sarah noch mit Mehdi. Sarah wollte mich nicht sehen. Ich hatte ihr mehrere Briefe geschrieben, in denen ich sie um Verzeihung bat. Aber sie hatte nie geantwortet. Und Mehdi war weggezogen, hatte ich erfahren, war vielleicht nach Marokko zurückgegangen.

Durchs Klinikfenster beobachtete ich die Jahreszeiten, den Frühling, frisch glänzend, mit Schauern und Blütenschauern, ich drückte meine Stirn an die eiskalte Scheibe, sie beschlug von meinem Atem. Ich sah den Sommer, wogendes Gras und Bäume im Gewitter, eine Mücke sirrte. Der Herbst kam mit Nebel, Regen pladderte an die Scheibe, ich schaute den Tropfen zu, wie sie herabflosen. Dann ist es wieder Winter, mit Schneeluft, die durch den Fensterspalt hereinkommt, blankem Sternenhimmel und dem Geruch gebrannter Mandeln. Wieder freue ich mich über die ersten Schneeflocken. Ich sitze viel im Aufenthaltsraum. Die Leute kommen und gehen. Aber eines Tages werde auch ich hinaustreten mit einer kleinen Tasche und den beschriebenen Blättern hier und alles wird anders werden.

I come and stand at every door / but no-one hears my silent pleas / I knock and yet remain unseen / for I am dead for I am dead.

Die Villa ist heruntergekommen, sieht ein bisschen so aus wie die von Pipi Langstrumpf, die gelbe Farbe blättert von den Holzplanken ab. Auf der Veranda liegen herangewehte Blüten, im Garten steht ein alter Holztisch, darauf ein Glas mit noch etwas Tee darin, es beginnt zu regnen, die Tropfen sprenkeln den Tisch, platschen in den Tee, auf einen

Aschenbecher, es duftet nach Regen, ein Regenschleier weht zu mir auf die Veranda. Ich warte, höre einen Ruf, verstehe ihn nicht, es dauert lange, bis die Nervöse die Tür öffnet. Eine Windböe zerzaust ihr das blond-graue Haar, sie schaut zerstreut auf den Weg, in den Garten, zerrt an ihrem Kragen, fröstelt etwas, fummelt an ihrem Mund herum, denkt vielleicht an ihre nächste Zigarette. Dann sieht sie den pinken, zu Berge stehenden Haarschopf der kleinen Plastiktrollfigur, die ich auf die Brüstung gestellt habe. Sie nimmt die Figur in die Hand, schaut sie sich an, geht wieder ins Haus, lässt die Tür offen, ich höre das Anreißen eines Streichholzes, sehe, wie sie sich im Halbdunkel eine Zigarette anzündet, zieht, das Streichholz ausschüttelt, ausatmet und dem aufsteigenden Rauch hinterherschaut.

Ich hatte einen Traum vom Glück, ich wusste einen Augenblick lang, was es war und wie es zu erreichen war, es war ganz einfach, aber ich habe es vergessen, es hatte etwas zu tun mit … es fällt mir nicht ein … ein Wunsch wurde mir nicht erfüllt, das weiß ich noch …

Er kocht Kaffee. Ich sehe von der Couch aus zu, wie er mit dem Espressokocher hantiert, Kaffee hineinlöffelt, ihn zuschraubt und auf den Herd stellt. Es ist noch sehr früh. Er schaut nicht zu mir hin, schnuppert nur hin und wieder an dem blühenden Jasmin, den ich ihm mitgebracht habe. Arabische Musik läuft in einem kleinen Radio und er macht ein paar Schritte wie im griechischen Tanz, klatscht in die Hände. Dann trinkt er, sich immer wieder gedankenverloren eine Schläfenlocke um den Finger kringelnd, den Kaffee und zeichnet eine Reiseroute auf einer Europakarte ein. Ich lasse mich vom Fenster hinunter in den Vorgarten gleiten, in dem vertrocknete Hundekacke liegt, und stelle mich an die Straße.

Auf der Station öffnet der Arzt grunzend die Tür seines Zimmers. Offenbar hat er auf dem Faltbett geschlafen, seine Haare sind verstrubbelt, er sieht etwas verstört aus und älter als sonst. Seufzend schließt er die Tür wieder, trinkt aus einer Mineralwasserflasche. Als er die Flasche absetzt, fällt sein Blick auf die Medikamentenbox auf seinem Schreibtisch und er wundert sich. Er murmelt meinen Namen, der auf der Rationierbox steht, und öffnet sie. Jetzt erst merkt er, dass keine Tabletten, sondern verpackte Pralinen darin liegen. Er wickelt das knisternde Papier von einem Krokantstäbchen, schiebt es sich in den Mund, lutscht und liest, was ich ihm auf ein buntes Transparentpapier geschrieben habe. ‚Love is all you need‘. Während er eine Praline nach der anderen öffnet und meine Nachrichten liest, verlasse ich leise sein Zimmer.

Meine Tante sitzt im Esssaal des Seniorenheims. Mit ihr am Tisch haben ihre Freundin Frau Möller und der von allen Damen hier verehrte Herr Professor emeritus Hirtgen Platz genommen. Sie freut sich, als ihr eine Schwester nach der Mahlzeit einen Brief neben den Teller legt. Nach dem etwas mühsamen Öffnen bittet Tante Clara den Professor, ihr den Brief vorzulesen, sie habe ihre Lesebrille oben im Zimmer gelassen. „'Liebes Tantchen …'" – „Na, das kann ja was werden", kommentiert Frau Möller. „'Ich hoffe, es geht dir gut. Ich bin's, dein Neffe.'" - „Na sowas", murmelt meine Tante und versucht, sich zu erinnern. Da fällt ein altes Foto aus dem Brief heraus. Es zeigt uns beide lächelnd in ihrem Gärtchen, vor mehr als zwanzig Jahren. Sie erkennt mich sofort: „Das ist ja der Rainer." - „'Ich wollte mich bei dir entschuldigen'", fährt der Professor fort zu lesen, „'dafür, dass ich dir im Lauf der Jahre immer wieder ein paar Scheinchen aus dem Portemonnaie entwendet habe. Bitte verzeih mir. Ich denke an dich. Alles Liebe. Dein Rainer.'" - „Dit jib's doch nich", fällt das Tantchen ins Berlinerische zurück.

Ich schaue über Sarahs Schulter durchs offene Fenster hinaus in die afrikanische Ebene, in der ein paar Schirmakazien flimmern. Eine Frau in leuchtend gelbem Gewand, die einen Eimer Wasser auf dem Kopf balanciert, lacht von draußen zu uns herein. Sarah grüßt sie, schwingt herum, um weiterzuarbeiten, da sieht sie das Bild, das ich neben der Tür an die Wand gehängt habe. Ich hatte aus der Erinnerung den Blick von ihrer damaligen Wohnung aus auf die Straßenlinde gemalt, und ich sehe, dass sie sich an diesen Blick erinnert. Sie setzt sich auf die Tischkante und schaut das Bild an. Dann steht sie auf, geht langsam zur Tür, öffnet sie und verschwindet um die Ecke in Richtung Wartezimmer. Ich werfe einen letzten Blick auf mein Bild und klettere aus dem Fenster.

Entfernen wir uns alle voneinander wie die Sterne im Weltall, Herr Doktor? Oder tanzen wir Pogo? Stoßen lachend, die Musik fühlend, mit unseren Körpern gegeneinander, landen in Betten, auf Wiesen, im Himmel oder unter der Erde? Oder kreiseln wir in einem Wirbel, in den wir irgendwann hineingeraten sind? Vieles kreist mit uns, bleibt in unserer Nähe … Die Kaffeetasse, die meine Mutter so viele Male in ihrer Hand hielt. Ihre abgetretenen dunkelblauen Sandalen. Die Querflöte aus Metall und Ebenholz, die mein Vater als junger Mann spielte. Alte Familienfotos. Ein Bild von mir als Kind und eins als Jugendlicher, eine lustige Grimasse schneidend. Eine Postkarte mit einem Elefanten, die ich an meine Mutter schrieb und nach ihrem Tod wiederbekam. Ein Geburtstagsgutschein von ihr für mich mit einer zittrig gezeichneten Hose. Manche Dinge schweben eine Zeitlang mit mir auf einer Ebene, einige kreiseln schneller hinunter, andere bleiben auf einer höheren Spiralbahn als ich. So sehe ich, während ich langsam tiefer sinke auf meiner weit gewendelten Bahn, wechselnde Dinge, die mich ein Stück des Wegs in Sichtweite begleiten, dann wegsinken oder, von mir aus betrachtet, aufsteigen, weil sie weniger schnell sinken als ich, irgendwann aber wieder auftauchen, in der Wirbelwand mir gegenüber. Oder auch neben mir, so dass ich sie sogar berühren kann. Ich sehe auch die Geister von Gestorbenen, meine Großmutter, in der Küche Schach mit meinem Vater spielend, mich als Kleinkind auf dem Arm an ihr Gesicht haltend, meine Mutter, wunderschön, meine ausgefranste Strickjacke, ein paar rote Nike-Schuhe, Halliwell's Film Guide, das alte, holzige Papier duftend, Fotos aus einer Zeitschrift, die ich als Kind gesehen habe und nicht vergessen kann, ein pockenkrankes afrikanisches Mädchen, verstörende Bilder flackern kurz auf, die ich besser nie gesehen hätte … Aber da ist auch Belmondo in ‚Außer Atem', ein Comic, ‚David Boring', Twomblys Bild vom Herbst mit Blut, Wein und Asche, blauschwarz bekleckert von Vögeln, die Holunderbeeren gefressen haben, eine grüne Glasscherbe, gefunden an einem Strand in Italien, ein abgenutztes Taschenbuch, in dem ich vor über 30 Jahren gelesen habe, auf dem Cover eine Zeichnung von Meryon mit fliegenden

Fischen, die auf ein Gebäude zufliegen, ein von einem Hund angenagter kleiner Holzschemel, der lange kreiseln würde, sicher länger als ich ... Und da ist auch Mehdi. Winkt er mir zu oder ist es die Armbewegung des toten Ahab? Nein, er lächelt und ruft etwas. Alle Gestalten, alle Dinge verändern langsam ihre Position zueinander, obwohl wir uns schnell auf unseren Bahnen bewegen, so als säßen wir in einer Jahrmarktsraupe ... oder schwebten alle ... ewig ... auch im Schlaf ... wie die Mauersegler ...